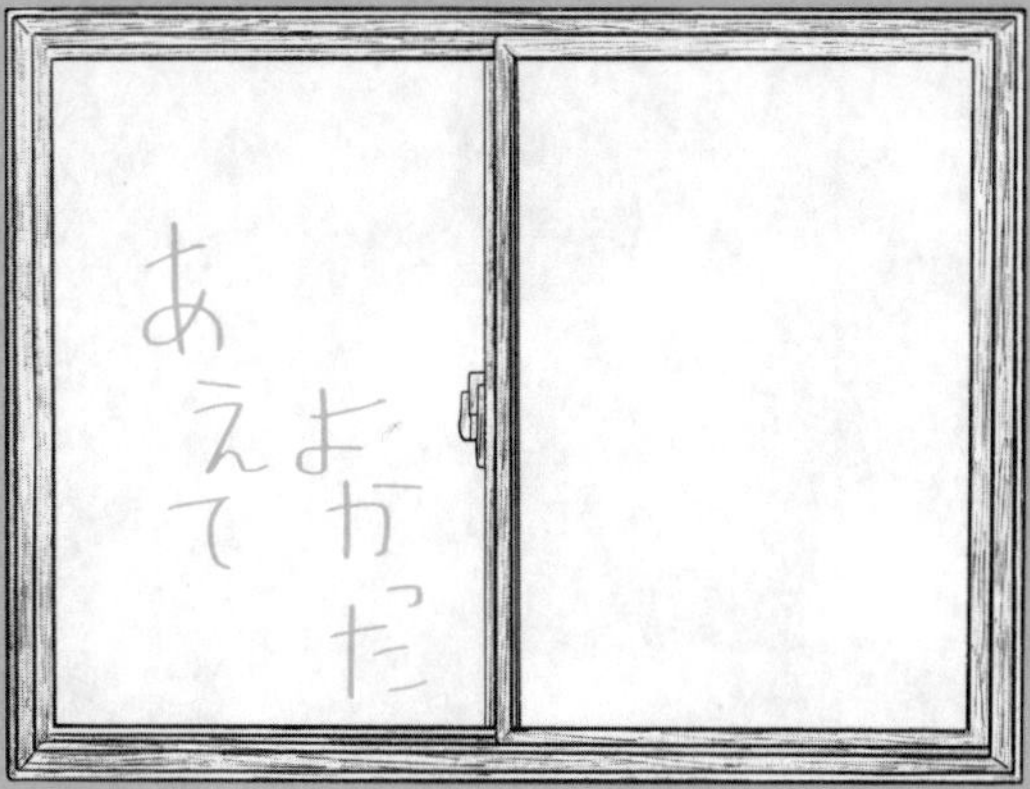

村上しいこ

小学館

あえてよかった

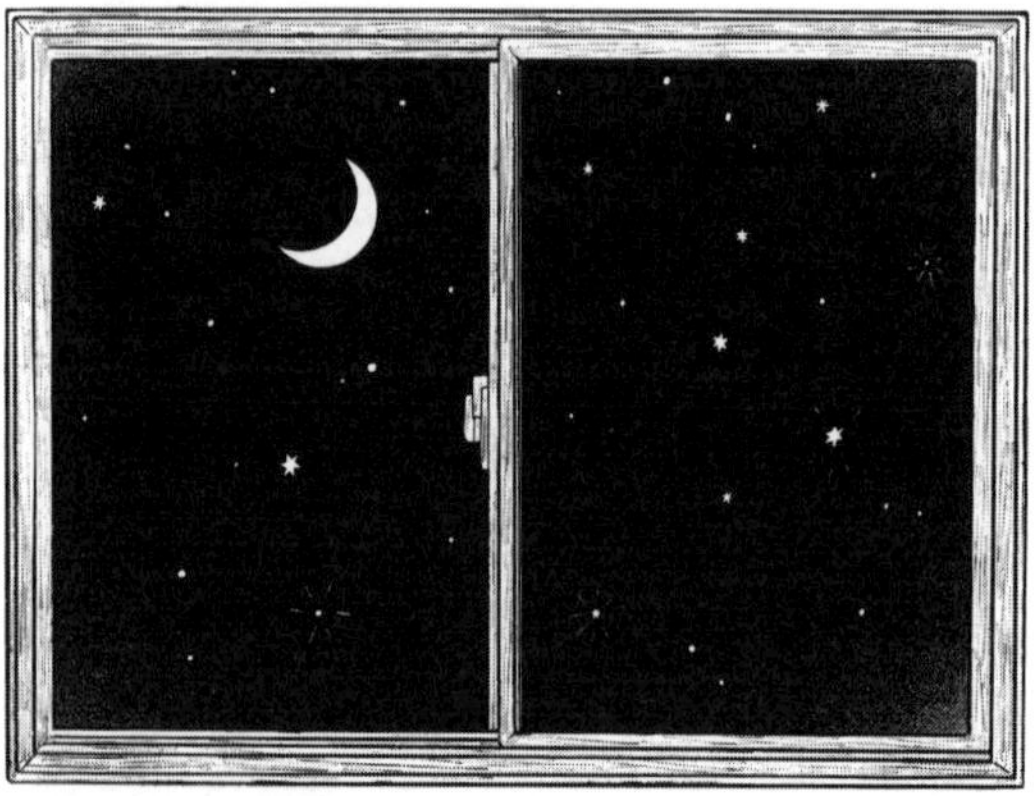

プロローグ

　寂しさに耐えきれなくなって、それまで住んでいた一軒家を売り払い、僕は、1《ワン》LDKのアパートを借りた。

　その部屋に決めた理由はただひとつ。そこからはとても美しく月が見えるのだ。美月《みづき》が好きだった、三日月が。

　もう気配しか見せない美月だけど、はっきりと僕の声に応えてくれる。

　それでも、寂しさは埋まらなかった。声は愛の半分だけど、もうあとの半分、彼女の姿はどこにもなかったから。

　夜、三〇三号室の窓際に置いた白いテーブルの前に座って、美月とお喋《しゃべ》りするのが僕の日課になっていた。


「今日ね」

（うん）

「僕、仕事やめちゃったよ。美月」

(どうして?)

「くだらないことで喧嘩《けんか》して」

(どうしたの? 大地《だいち》くんはそんなことで仕事をやめるような人じゃなかったよね)

「そうかなぁ。性格が変わったのかも」

(ごまかさないで)

「そうだ。今夜は退職祝いに、牡蠣《かき》フライを作って食べたんだ。美月が好きなエビフライも作ったよ」

(それはありがとう。それで?)

「なにが? ああ、おいしかったけど、胸やけした。さすがに五十八歳の胃袋に、牡蠣フライとエビフライはキツかった」

(またごまかす。じゃあ、大地くんがなにを考えているか、私が言おうか)

「たぶん、当たらない」

(死のうと思ってるよね)

「………」

(そうでしょ)

「美月にはかなわない。どうしてわかったの?」

(だって、あれから半年も経《た》たないうちに、急に家を売ってしまうし。あの家には、たくさん私たちの思い出が詰まっていたはず。それに仕事もやめて、どんどん自分を崖っぷちに追い込んでいるようにしか見えない)

「だって、もう生きていても、仕方がないよ。いったい誰のために、なんのために生きているのか。生きている意味がなくなった」

（駄目だよ。やけを起こしちゃ）

「やけなんかじゃない。自然に導き出された答えだよ。止めても無理だから」

（止めないし。今の私には、止めようもない。でも死ぬのならその前に、ひとつだけ私の頼みを聞いて）

「美月の頼みなら断れないな。それで、頼みってなに？」

（私の代わりに子どもを育ててみてほしいの。そしてその話を聞かせて）

「無茶を言うなぁ。僕には荷が重いよ」

（だからお願いしてるんじゃない。私が子どもを育てるのが夢だったこと、大地くんも知っているでしょ）

「それは知ってる。でも、僕がそれをしたところで……」

（大地くんが経験した話なら、きっと私、共感できる。その自信があるの）

「そこまで言うなら考えてみるけど、いったいなにをすればいいのか、見当もつかないよ」

（探せばなにかあると思うよ。そりゃ、一からの子育ては無理だけど、ほら、読み聞かせボランティアとか、スポーツクラブのコーチだとか）

「読み聞かせといえば、美月、ごめん」

（どうしたの？）

「あの絵本が、見あたらないんだ」

（絵本って？）

「ほら、美月が描《か》いた手作りの絵本だよ。いつか生まれてきた子に読み聞かせるんだって、創《つく》っただろ。水彩絵の具で、専用のスケッチブックに」

（覚えているけど……どうしてかな？）

「わからない。引っ越しのときにも荷物を整理しながら捜したけど、どこにもなかった。どうしよう」

（大丈夫。そのうちに見つかるよ。それよりもさっきの話、約束してくれなきゃ、大地くんがこっちの世界にきても会ってあげないからね）

「それはひどいよ。生きていても楽しいことがなくて、死んでも楽しみがないなんて、まるで地獄じゃないか」

（じゃあ、ちゃんと約束してよ）

「わかった。美月と会うために、約束する」

（指切りね。私の指を、想像して。できる？）

「ああ……」

（指切りげんまん嘘《うそ》ついたら、永遠のサヨウナラだよ、指切った）

☽

朝、目が覚めると棚のまあるい置き時計が、九時を回っていた。

部屋の中はずっと暖房が効いて、口の中がカラカラに乾いていた。体を起こすと頭の奥がズンと重い。それでも顔を洗い、吐き気をもよおしながら歯磨きをした。

キッチンに向かって歩きながら、ワインボトルが床の上で砕け散っているのが見えた。酔った勢いで、なにかを力いっぱい投げつけた感触が、右の手のひらによみがえった。何度か水を飲みに起きたはずなのに、よく踏まなかったものだ。血まみれになった足の裏と床を想像して、身震いした。死にたいとは思っていても、怪我《けが》はしたくなかった。

灰色のルームウエアにダウンジャケットを羽織って外へ出た。冷たい風がピリピリと顔を刺す。近くのコンビニまで歩きながら、そういえばと、昨夜、美月と約束したことを思い出して、思わず二日酔いが吹っ飛んだ。

僕が子どもを育てるってか。

ああ、おかしな約束をしたものだ。美月の描いた絵本を紛失した負い目もあって、引き受けてしまったが、どこでなにをすればいいのだろう。そもそも、もう死ぬことしか考えていない五十八歳の男が子どもと触れ合おうだなんて、それ自体不謹慎な気がする。そうかといって、もう美月と会えないのはなおさらつらい。

コンビニの看板が見えた。つらくても腹は減るんだと呟《つぶや》いて、店に入る。結局、牛乳パンとカレーパンを買ってアパートに戻る。牛乳パンは美月が好きだった。どうしても美月が好きなものばかり追いかけてしまう。

部屋に入りインスタントコーヒーを淹《い》れる。カレーパンをひと口かじりスマートフォンを手に取った。

求人サイトを検索してみる。知識もないからとりあえず検索条件を「児童」と入れてみた。すると、「児童指導員」が出てきた。さらに詳しく知るためにタップしてみると、放課後学童指導員の仕事がヒットした。これなら僕にもできそうだ。そう思って見たが、採用条件を確かめると保育士免許や小学校の教員免許が必要などと書かれてあった。

それでもあきらめずに一件ずつチェックしていくと、資格、経験共に不問というのがあった。仕事は同じような放課後学童指導員の仕事なのだろうが、補助員と但《ただ》し書きがあった。それでもこの仕事をすれば美月が言う、子どもを育てることになるかもしれない。きっと美月も喜んでくれるはずだ。

1　唐木朋子は笑わない

長四角のローテーブルをはさんで、オーナーと施設長が僕の向こう側に並んで座っていた。

空気を入れ替えるため、たくさんある窓はすべて開け放してあった。

それでも壁やフローリングに敷いたカーペットに染みついた、子どもたち特有の匂いが、ずっと室内に漂い続けている。

一月の終わりにしては暖かな風がダウンジャケットを脱がせた。

窓の向こうに、併設されている介護施設が見える。

二人の肩越しに張り出された一日のスケジュール表を僕は目で追った。

14：30　おむかえ
14：50　てあらい・しょうどく
　　　　しゅくだい
15：30　てあらい・おやつ
16：00　そとあそび
17：00　てあらい・しょうどく
　　　　おへやにはいる

まあこれくらいなら、未経験でもなんとかこなせそうだとホッとする。問題は雇ってもらえるかどうかだけど。

オーナーは僕と同じくらいの年齢に見えた。恰幅《かっぷく》がよく、微笑《ほほえ》むと目がなくなる。温和な雰囲気は、高齢者向け介護施設と学童クラブのオーナーという肩書きにピッタリだ。目の前に置かれた名刺には「奥山誠也《おくやませいや》」とあった。

それに引き換え女性施設長は笑わなかった。四十代の半ばだろうか、ずっと瞬《まばた》きの少ない大きな目で、持参した履歴書を見つめていた。

「小野《おの》大地さんは、五十八歳まで、ずっと調理の仕事をされていたのですね」

「大学を出てしばらくは、映画監督を目指していました。でも三十歳であきらめて、調理の世界に入りました」

「えっ？」

施設長が怪訝《けげん》そうに目を細くした。

悪い印象を与えてしまったかもしれない。

「あの…映画監督は誰にでもなれる職業ではありませんし。よくあるんですよ。映画の世界から料理の世界へ入るって」

「はあ……」

「そうだ、料理だけでなく他にもできます。ニワトリの解体とか」

「えっ、ニワトリって、生きてるニワトリ？」

身を乗り出して興味を示したのは、オーナーの方だった。

「そうです。生きてるのを、首を切るところからやります」

「へえ、どうやるんですか？」

「チェーンに足をかけて、逆さ吊《づ》りにして」

「毛はどうするの？　手でむしるの？」

「いやいや、機械がやってくれます。しばらくお湯につけて、そのあと十体くらいずつ内部にゴムの突起物がついたドラム缶に放り込んで回転させれば毛が抜けます」

「面白い」

「そのあとトリの体を冷やしてから解体。なんなら子どもたちにも見学……」

「させません！」

施設長はキッパリ言うと、ノートに走り書きをした。「軽」という文字がチラリ。軽率と書いたのか、軽薄と書いたのか、どちらも否定できない。

それにしてもなかなか歓迎の色を見せてくれない。差し出された名刺には「唐木朋子《からきともこ》」と、堅そうな名前があった。

もっとも彼女の心配もわからなくはない。

〈キッズクラブ・ただいま〉というくらいだから、ここには小学一年生から六年生までの子どもが通ってくる。男子もいればもちろん女子もいる。

保育、養育の現場における、子どもの性被害のニュースは、インターネットでもよく見かけるようになった。

そうした問題が頭をよぎるのだろう。この人は大丈夫な人間なのか、と。

「子どもが好きだという以外に、ここで働きたい理由って、なにかありますか？」

「いや、特には」

まさか、死にたくなって、亡くなった妻と話していたら、彼女の代わりに子育ての経験をしてくるように約束をさせられた……だなんて言えない。言ったところで信じてもらえないだろう。

「立ち入ったことを伺いますが、生活の方はどうされているのですか？」

唐木朋子はもう一度視線を、履歴書に落とした。

「はい、独り身ですし、蓄えがあるのでなんとかやっています」

「生活費を補う意味で働くのなら、もっと時給がいいところを選んだ方が賢明ではないですか。今のところ、きてもらうのも、一日四、五時間ですし、時給も他より安いですから。正直オーナーにお願いして求人は出してもらったけど、すぐに応募があるとは意外でした。ましてや男性がいらっしゃるとは思いませんでした。どこかお悪いんですか？」

この唐木朋子という女性は、随分と正直な人らしい。隣でオーナーが、苦笑いを浮かべている。

こちらも、正直に話した方がよさそうだ。

「妻が病気で亡くなりまして。少し思うところがあって」

「それは失礼しました」

「いや。私の方は悪いところはありません。あっ、加齢は別にして」

「そうですか」

唐木朋子は笑わない。

おい、ここは笑うところだぞ、と目で訴えてみたけど届かない。

そして、いやちょっと待て。この人こそ大丈夫なのかと勘ぐってしまった。ニワトリの話は確かにグロいかもしれないが、こんなしらーっとした態度で、子どもたちと接していいものか。

「唐木先生、これくらいでいいんじゃないですか。そうだ、小野さんは服のサイズはMでよろしかったですか？」

オーナーは話を進めたそうに、大きな体を揺する。

「いいえ、Lサイズでお願いします。背は低いですが、けっこうがっちりしているんで」

「青、紺、緑とありますが、好きな色は？」

「緑色です」

「じゃあ、上は用意しておきますので、ズボンと靴は動きやすいものでお願いしますね。あとは、唐木先生よろしく」

オーナーは立ち上がって、玄関に向かった。どうやら採用になったようでホッとした。

「それでは、部屋を見てもらいます」

「よろしくお願いします。唐木先生」

僕もオーナーに倣《なら》って先生と呼び、頭を下げた。

〈キッズクラブ・ただいま〉の建物は、コの字型になっていて、へこんだところが玄関になっている。玄関を入った正面が、つい先ほど面接を受けていた場所だ。

そして入った左手に二十畳ほどの部屋がある。畳ではなく、フローリングにミントグリーンのカーペットが敷いてある。

「こちらが四年生以上の高学年用の部屋です。下の子たちはここへは入れないので、もし見かけたら注意してやって下さい」

「わかりました」

併設するように、トイレと手洗い場があった。

そして玄関の右手に事務室。そしてさらに奥には、上級生たちよりも広いスペースがあった。

「ここで、一年生から三年生までが宿題をします。テーブルひとつに二人ずつなので、なるべく早く宿題をすませられるようにお願いしますね」

お願いしますと言われても、子どもを育てた経験もなく、まったくイメージが湧かない。

「あれって……」

壁に目を留めると、

「ボルダリングです。よその学童にはあまりありません」

このときだけは、誇らしげに口角を上げた。

「雨の日は外遊びができないので大変です。また追々説明しますが、ボルダリングをするときは必ず一人職員がついて、見ていてあげて下さい」

どの部屋も外に向けて広い窓があって、採光と換気は充分だ。ランドセルを片付けるロッカーには、名前の書いたシールが貼ってある。予想はしていたが、イマドキの名前は、ひらがな併記でなければ僕には読めない。

事務室に戻ると、唐木先生が引き出しから一枚の紙を出して渡した。

「これが子どもたちの氏名一覧表です。早く覚えて、必ず名前で呼んであげて下さい。子どもたちにとって、名前はプライドの一部です」

印刷してある紙を手に、思わず目を見開いた。てっきり三十人くらいだと思って応募したが、名前の横に振ってある数字は、六十八まである。

「これって……全部覚えるんですよね」

「もちろんです」

「いつまでに？」

「なるべく早くでお願いします」

「じゃあ、二か月くらいで、なんとか」

とたんに腰に手を当て、唐木先生が、今日いちばん張りのある声で言う。

「小野さん。冗談ばかり言っていると、子どもたちになめられて、言うことを聞いてもらえなくなりますから、注意して下さい」

「あ、はい」

唐木先生が、たしなめるような視線を向けていた。

冗談のつもりではなかったのだけれど……。

この人数をはじめに聞いていたら、おそらくこなかった。

自慢ではないが、人の名前と顔を覚えるのは苦手だ。大学を出てしばらく映画の仕事をしていたときも、よく人の名前を間違えて叱《しか》られた。相手が俳優の場合、土下座して謝ったこともある。

どうしよう。もう断れそうにない。

「二月から入れるように、今週中に小野さんを加えたシフトを作成して連絡します。駄目な日って、今わかりますか？」

「あ、あ、わからなくもないですけど」

「ふざけてます？」

「いや、ぜんぜん。大丈夫です」

「ここでは子どもたちの手本になるように、責任ある言動をお願いしますね」

「えっ……手本ですか……あ、頑張《がんば》ってみます」

言ってはみたものの、自分が誰かの手本になるような人間だとは思えない。

玄関で靴を履《は》き、「よろしくお願いします」と頭を下げた。

外へ出ると急に風が冷たくなった。

振り返ると唐木先生が大きな目で、じっと睨《にら》むように僕を見つめていた。

☽

（就職おめでとう）

「うん。でも悪酔いしないように、今日は缶ビールにしておく」

（じゃあ、私は長命酒）

「そっちには、そんなお酒があるの？」

（ないない。冗談だよ。それにしても驚いた）

「なにが？」

（学童クラブのアルバイトだなんて。大地くん、いいの見つけたね）

「美月が喜ぶかなって思って」

（嬉《うれ》しいよ。中学の頃から、私、ずーっと保育士さんに憧れてたんだ）

「そうだったね」

（でも高二の夏、お母さんが離婚して、大学行くのは、あきらめた。それでも、高校を出て、働いて、結婚したら子どもが生まれるだろうから、そっちの子育てでいいよねって、自分に言い聞かせたんだ）

「なのに、僕たちには子どもが授からなくて、妊活もうまくいかなくて、美月は養子でいいからほしいって言ったんだよね」

（そうだよ。でも、大地くんは絶対にいやだって）

「自信がなかったんだ。子どもは嫌いじゃないけど、自分が親から愛された記憶がなくて。自分の子どもなら、大丈夫かなって思ってたけど、他人の子どもを育てるとか、きっと傷つけてしまう気がした」

（ごめんね。あのとき、つい私、感情的になって。大地くんが養子は無理だって言ったとき、私たちなんのために結婚したのよって、怒鳴《どな》ってしまった）

「悪いのは、きみの願いを聞いてあげられなかった僕の方だ。それどころか、最後まで美月を守ることができなかった」

（……あれは、病気だったし、仕方ないよ。私だってまさか自分が、血液のガンになるなんて

思わなかった。あのややこしい名前。びまん性ナントカ）

「でもさ、なんとかしたかった。今でも……」

（大地くんのせいじゃない。運が悪かっただけ。それに、大地くんの子育ての話が聞けるなんて、とても楽しみ）

「わかった。期待していて」

2　子どもはいつも全力

事務室の窓から、前庭の脇にある駐車スペースに、〈キッズクラブ・ただいま〉と、カラフルにペイントされたワゴン車がとまるのが見えた。唐木先生のあとについて、僕は玄関へ急いだ。車のドアが開き、子どもたちがかけっこをするように玄関へ向かって駆けてくる。七つ八つと、黄色い帽子が上下する。

「小野先生は、手洗いチェックと消毒スプレーをお願いしますね」

唐木先生があたりまえのように言う。

二時でいいと言われたのを、せっかく一時間も早くきて、なにをすればいいか聞いたのに、職員の紹介とまた新しい薬局ができたとかナントカ、世間話で終わった。

「その時々で、見ながら覚えて下さい」と言われ、いきなり本番かと驚いたが、それはまだ小さな驚きに過ぎなかった。大きな驚きは唐木先生の表情だった。ガラスのむこうで、子どもたちのやんちゃそうな手が、玄関のドアを捉《とら》えた瞬間、仮面のようだった表情が、一瞬にして満面の笑みに変わったのだ。

「おかえりぃー。ふうちゃん、おかえりぃー、れんちゃん、おかえりぃー、ハイ、こうたくん、かずきくん、帽子を取り合わない」

唐木先生の声が、張りのある高い声になって、子どもたち一人ひとりの体温を確かめるように出迎えた。

この人は二重人格者かと、僕は唖然《あぜん》とする。

「ともりんただいま」と答える女児もいる。

僕も緊張しつつ「お帰り」と言ってみるが、

「この人誰っ？」

「なにしにきたの？」

元気な返事を期待したのに、返ってきたのは厳しい声。職員揃《そろ》いのポロシャツを着ていれば僕が何者かわかるだろうに。

靴を脱ぎ下駄《げた》箱にしまうと、チラッと僕を見るだけで通り過ぎてしまう子もいる。

車を運転してきた田名瀬葉子《たなせようこ》先生が、

「まずは名前を覚えてもらわないとね。まだ子どもたちからすれば、小野先生は、ただの不審者ですから」と、笑った。

不審者……確かにそうかも。

子どもたちは、左奥にある手洗い場に行き、また戻ってくる。

「葉子先生、シュッシュ」

手洗いを終えた子どもがせっつく。葉子先生は氏名一覧表に、子どもたちの入室時間を記入している。

「小野先生、それ、スプレーお願いします。あ、手洗い、ちゃんとしているか、向こうに見に行って下さいね。手拭《ふ》き用のタオルも、まめに取り替えて下さいね」

「あ、はい」

僕は小ぶりの噴霧器《ふんむ》を手に取る。中には消毒液が入っている。

「葉子先生。誰、この人?」

子どもたちが、疑わしそうな目で見上げてくる。

「今日からきてくれる、小野先生。先生、自分からコミュニケーション取って下さいね。まさかそういうのは苦手とか?」

「大丈夫です。ぜんぜん」

ただ、子育ての経験すらないのだ。子どもたちの軽快なスピードやリズムにまったくついていけない自分がいた。

「ハイ、お帰り。おじさんが、消毒するからね」

「自分でする」

「そこに置いて」

「葉子先生がいい」

あからさまに拒否する子まで現れる始末だ。

「戸惑ってどうするんですか」

葉子先生が、固まってしまった僕の手から、消毒スプレーを取り上げた。今までの人生なら、たいてい仕事の一日目は、傍観しているだけだったが、ここではそうも言っていられない。

奥の部屋では並べたローテーブルの前に子どもたちが座って、黙々と宿題を始める……わけがない。

覗《のぞ》きに行くと、ぎゃあぎゃあ、わいわい、男児も女児も関係なく入り乱れて騒がしい。室内の温度が一気に上昇する。エアコンの暖房よりも効果がある。

「ランドセルはテーブルの下に入れる。何度言ったらわかるんですか。ゆうくん、部屋に入ったら帽子は脱いで」

唐木先生の声は、怒っているというのではない。生き生きと呼びかけている。

すぐに言うことを聞く子。「ちょっと待って」と、学校で作った動物を友だちと見せ合う子。きのう家であったことを懸命に説明する子。

これは「今」でなければならないのだろうか？

たぶん、僕が感じている今と、この子たちが感じている今とは、まったく異質な経験なのだろう。

ランドセルを開けはじめた子たちのそばに寄って、矢沢真理《やざわまり》先生が、連絡プリントと宿題のチェックをする。

で、僕はなにを？　と立ちすくんでいたら、どやどやと第二便が帰ってきた。慌ててシュッシュに向かう。葉子先生はまたどこかへ向かったのか姿がない。

星野海《ほしのうみ》先生という、ここではいちばん若い三十代の先生が、氏名一覧表に戻ってきた時間を書き込む。

黄色い帽子をかぶっていない二年生が、多くまざっていた。

僕は怯《おび》えていた。

この時点で気づいたのだが、子どもたちは誰も名札をつけていない。個人情報保護のためなのだろう。帰り道、知らない人から声をかけられたとき、名前で呼ばれると、つい子どもは安心して信用してしまう。名札は下校前に胸から外して、筆箱に片付けるそうだ。

が、そうなるといったいどのような方法で、六十八名の子の氏名と顔を早急に覚えることができるのか。

それでなくても、言いたくはないが、僕の目にはみんな同じ顔に見えている。服装も体育のある日は、学校指定の体操着らしい。

手洗いとシュッシュが終わり、宿題を見に奥の部屋へ行くと、三人の二年生女児がもめていた。二人が座って、一人は見下ろすように立っていた。その女児が口を尖《とが》らせ猛烈に怒っている。

女性がもめているのを見ると女児であれ、男性の本能として黙って通り過ぎたくなる。が、興味はある。

しばらくは三人に任せていたが、

「小野先生、やってみますか？」

と、唐木先生が、にこやかに声をかけてきた。

「やってみる……とは？」

「そばに行って、彼女たちの問題を解決してあげて下さい」

ふと調理の世界へ入ったときのことを思い出した。先輩から急に、

「おい、どうだ小野。やってみるか？」

そう声をかけられたら自信がなくても断ってはいけない。いや自分はまだまだです、などと遠慮すれば、それは遠慮ではなく拒否と見なされ、これから先、声をかけられることはないと

覚悟するべし。

「はい。やってみます」と答え、まだ名前も知らない女児たちの中へ突撃だ。

「みんな、お帰り。えーっと、今日から働いている、小野といいまーす」

突然の闖入者《ちんにゅうしゃ》に三人は黙った。子ども向け番組のお兄さんの口ぶりを真似て、やさしく話しかけたつもりだが、彼女たちからの反応は一ミリもない。

「あのぅ、どうしたの。喧嘩《けんか》は絶対によくないよね」

「ほっといて」

「あっちへ行って」

「関係ないよ」

「はい」

もめていても、僕を邪険に扱うという点では三人の意見が一致したようだ。二年生ながら、自分の考えをしっかりと持ったお嬢さんたちのようで、火に油を注ぐという慣用句を思い出し、速やかに引き下がった。

しかし、しばらく経っても議論は進展を見ず、三人では解決できそうにないと悟ったらしい。

「ともりんなんとかして」

と、女児ら自ら唐木先生に助けを要請した。

今まで気がつかなかったかのように唐木先生がそばに寄る。

「なにをもめてるんですか？」

「だって真緒《まお》ちゃん、今日は琴羽《ことは》と一緒に宿題をすると言ったのに、瑠希奈《るきな》ちゃんと座ってる」

立ったまま訴える女児が琴羽だ。

誰と宿題をするかをめぐってもめているようだ。なるほど、瑠希奈が真緒を横取りしたのか。紫色のセーターを着た琴羽は、眉毛が太く、見るからに気が強そうだ。

「そんな約束してないって、真緒が言ってたよ」

茶色い髪の瑠希奈が反論する。

「真緒ちゃん、約束したの？」

唐木先生が問いかけると、真緒は細い体をもじもじさせて、頷《うなず》くようなかしげるような、絶妙な角度で華奢《きゃしゃ》な首をひねった。どっちなんだ？

「琴羽ちゃんは、いつ真緒ちゃんと約束したの？」

「きのう」

「ここで？」

「うん」

「瑠希奈ちゃんは？」

「今日、学校で」

大人の世界なら、ああダブルブッキングかで対応できるのだが、子どもの世界ではそうもいかない。

もうジャンケンで決めればいいではないかと、そう考えるのは浅はかなのだろうか。

唐木先生はまだ話を深掘りしようと問いかける。そしてこのあと、子どもの世界ならではの、意外な真実が明らかになるのだ。

「真緒ちゃんは、琴羽ちゃんとも瑠希奈ちゃんとも約束したの？」

するると、意を決したように、真緒が首を左右に振った。

「琴羽ちゃんとは約束していない」

裏切り行為発生⁉

「えーっ、したよ、きのう、ここで！」

琴羽が冗談じゃないよとばかりに、目を見開いて叫ぶ。どういうことだ？

「でもあのとき、わたしは指切りしなかったから、約束したことにはならない」

「したってば」

「してないよ」

えっ……？

周囲の子どもらが黙った。

「どうゆう、こと？」

ひそひそと交わされる疑問。唐木先生も少し首をかしげる。

「えっ、ちょっと待って。じゃあ、真緒ちゃんの頭の中では、指切りをしてなかったら、約束したことにはならないの？」

「もちろんそうだよ」

真剣な表情から見て取ると、どうやらその場しのぎの言い逃れではなさそうだ。

「そっか。じゃあ、みんなはどうなの？　指切りと約束は、絶対にセットなの？　先生は聞いたことなかったけど」

唐木先生は、他の子も巻き込みながら話を進めた。

「そんなの、聞いたことない」

「はじめて聞いた」

不思議がったり、面白がったり、部屋の中が宿題そっちのけでにぎやかになる。

「ほら、真緒ちゃん、みんなは知らないって言ってるよ。じゃあ、こうしようよ。今度からは、指切りはしていなくても、言葉で約束したら、それは約束したことになるから。それでいいね」

「うん」と、真緒が頷く。

「じゃあ、今日はどうするか、小野先生に考えてもらおう。ハイッ！　今日からここで働く、小野大地先生でーす」

拍手が起き、子どもたちのキラキラした視線がいっせいに注がれた。とりあえず突っ立ったまま興味の的になる。

「あの、小野大地です。よろしくお願いします」

「で、どうしましょう？」

唐木先生は、にやりと笑う。僕が答えるのか……もちろん答えるしかないのだが。

「そうだ、三人並んで座れば、いいんじゃないかなあ」

「駄目です。二人ずつがルールです」

「ルールなんて、破っちゃえば」

「はっ？」

「あ、いえ、それじゃ、ジャンケンは」

すかさず子どもたちが、それはいやだと首を横に振る。

あとは……残念だがアイデアが出てこない。

「わかりません」

神妙にそう答えたのは、いつ以来だろうか。

「ださっ」と男児の声が耳に届く。正直ムカつく。五十八歳にもなって、こんな姿を子どもたちの前にさらすとは思ってもみなかった。

「じゃあ、今日は、三人別々に離れて宿題をしてもらいます。それでいいですね」

唐木先生がキッパリと言い放ったとたん、

「琴羽、今日は一人でいい」

琴羽が譲歩して、めでたく解決した。

「ハイ、一、二年生、宿題頑張って。もうすぐ、三年生が帰ってきますよ」

唐木先生は、みんなの尻を叩《たた》いた。

ふうっと、僕は安堵《あんど》の溜息《ためいき》をついた。まさか女児のもめごとのど真ん中に突っ込んで行くだなんて、これまでの人生の中で考えたこともなかった。これが子育て経験というものだろうか。美月に話せば大ウケするだろう。

いっとき事務室に避難して、水筒からお茶を飲む。（といっても、ドアは開けたまま。子どもたちからは丸見えで、こちらが監視されているのだが）

そういえば以前、保育士の人から、トイレ以外に気が休まる場所がないと聞いたが、今がまさに、それだ。

「唐木先生って、すごいでしょ」

「そう、ですね」

様子を見にきてくれたのか、子どもたちから、やざわっちと呼ばれている矢沢真理先生が、笑顔で話しかけてくれた。丸顔の、緊張感をそっと解いてくれる穏やかな笑顔だ。

「みんなを巻き込みながら、ちゃんと解決に持っていくでしょ」

「はあ、そうですね」

「あれって、ちゃんと計算しながら、やってるんですよ。下手《へた》なことをすると、真緒ちゃんが傷ついちゃいますからね」

「そうなんですか。じゃあ、僕を指名したのも計算づくですか？」

「そうですよ。ついでに言うなら、小野先生では解決できないだろうなぁってところまで。最初っから、三人の席を離せば、それで話は簡単。でもあえてそうしないで、他の子たちにも考えてもらって、共感性を養おうとしているんです」

「琴羽ちゃんが、最後に折れるって、わかってたんですか？」

それじゃまるで手品か、できすぎのお手軽ドラマだ。

「それはどうですかね。ただ、あとでこっそりと、琴羽ちゃんによく譲ってあげたねって、褒めてあげてますよ。どちらにしても、小野先生が苦しまぎれに言ってるなっていうのは、子どもたちにも伝わっちゃいましたね」

ださっ、と聞こえた男児の声が耳に残っている。

やざわっちは、アハハと楽しそうに笑う。

「子どもたちの僕への評価は、マイナスってことですか」

「通知表があれば、そうなりますね。でも、子どもたちの通知表は、日々更新されますから、気にしなくていいです」

子どもたちは気分で動いているだけかと思えば、そうではない。琴羽が、ここでは、私が一歩譲るべしと決断したのも素敵《すてき》だし、他の子たちが、まるで自分のことのように考えていたのも印象的だった。

と、いうことで、まずは三人の名前を覚えただけでも、収穫があったとしよう。

☽

「はぁ、疲れた。昔のような、エネルギーがほしいな」

(昔って、いつ?)

「例えば、美月と出会った頃。美月がくるのをずっとムーンリバーで待っていた」

(お母さんがやってたスナック。懐かしいな。あの頃、私もばかみたいに元気だったな。昼間は不動産会社で事務をして、夜はお母さんのお店を手伝っていた)

「はじめてムーンリバーに行ったときのこと、今でも覚えている。お客さんが誰もいなくて、なんか寂しい店だな、早く出ようって、ビールを一本だけ飲んで腰を上げようとしたら、美月のお母さんが言ったんだ」

(恥ずかしいから、言わなくていいよ)

「もうすぐ私の娘がくるから、帰るのは待って下さい。一人もお客さんがいないと、私が困りますって、知らねーよって話だよ」

（でも待っていてくれた）

「だって美月のお母さんが、うちの娘は美人だからってしつこく言うから。もしかして、あれって、罠《わな》だったのかな」

（そうかもね。美人にも個人差があるから。でもあのとき、大地くんが帰っていたら、私たちはおそらく永遠に出会わなかった）

「偶然って、不思議だよな。美月との約束がなければ、キッズクラブ・ただいまの子どもたちとだって出会わなかったし」

（そうだよね。逆に言えば、子どもたちにとっても、偶然出会った大地くんは、大切な存在になるんだからね）

「責任重大ってことになるのかな」

（そうだよ。だから全力で子どもたちと遊ばなきゃ）

「わかった。頑張ってみる。早く美月のそばに行けるように、たくさん思い出を作ってくるよ」

（明日も頑張ってね）

「うん」

3　男はつらいよ

何十年ぶりかで新しくスポーツシューズを買った。気に入ったシューズは一万円以上したが、子どもたちと走り回るためだと思えば高くはない。清潔感を出すためにきのうの夜、理髪店へも足を運んだ。おかげで毛糸の帽子をかぶっていても首筋が寒い。

一、二年生は、三時半までに宿題を終わらせておやつ。

四時から外遊びの時間になる。

運動場としては決して広いとはいえないが、子どもたちが走り回れるスペースは、建物の東側と南側に二面ある。

東側では、ドッジボール。玄関前の南側スペースでは、鬼ごっこや縄跳びをして過ごす。

「小野先生。四時から外で、子どもたちの見守りを、お願いしますね」

「わかりました。唐木先生」

とたんに、早く行かないとすぐに暗くなっちゃうと、子どもたちがせかす。

外へ出ると、みんなから見られていることが、今日は快い緊張感に変わっていた。唐木先生からの指示を受けたとき、きのうの夜に美月と交わした約束を思い出していた。そして柄にもなく、晴れわたった冬空に向け「頑張るから見ていて」と、そっと声をかけていた。

頑張って早く美月のそばに……。

ここは市街地から五キロほど離れた場所にあり、まだ森や小高い丘を切り開いた名残がある。坂道はけっこうな勾配で、住宅地のあいだに飛び石のように田畑がある。

子どもたちが鬼ごっこを始めた。三、四年生も、宿題が終わった者から加わる。

「今日はなに鬼をするの？」と、子どもたちのやり取りから、鬼ごっこにもいろいろと種類があるのだと知る。

色鬼、氷鬼、増え鬼、かわり鬼。

白い息を自慢気に吐きながら、追いかけっこが始まる。どんなに寒い日でも子どもたちは、北風と友だちになれるようだ。もちろんみんなが、鬼ごっこに参加するわけではない。鬼ごっこから離れて、バトル遊びをする男児。たぶんいつも仲良しなのだろう、縄跳びをする女児二人組。矢沢先生が見守る中、向こうではドッジボールのチーム分けをしている。

敷地に沿って張りめぐらされた金網の前で、たった一人だけみんなから離れてしゃがみ込む男児がいた。他の子たちと比べ体が小さく、お兄さんのおさがりだろうか、黄土《おうど》色のトレーナーが、やけに大きい。

こういうときにこそ、声かけをしなければいけない。学童クラブ初心者の僕にでもわかった。

しかしなんと言えばよいのか。

やかましいほどの、子どもたちの声を避けて話しかけた。

「鬼ごっこには、入らないのかい？」

こちらを見上げた男児の目も、きのうの女児たちと同じく、警戒の色をまとっていた。

「名前は？」

「はると」

「はるとくんも一緒に遊べばいいのに。じっとしているだけじゃ、寒いだろ」

言っておきながら、自分でも陳腐な気がした。たぶんこの子は同じことを、何十回となく言われているはず。それでも一人でいるのだ。一人でいるのが好きなのかなと、そう思ったとき、

「したいことなんかない」

「ないの？」

「僕は、ばかだから」

はるとが、地面に唾を吐くように言った。

「えっ？　どうして、そんなこと言うの？」

はるとは黙る。

聞き方が悪いのか、そもそも聞くべきことではなかったのか。子どもにも、プライバシーや尊厳がある。不用意に立ち入ってはいけない場所もある。友だちから、おまえはばかだと、そう言われているのだろうか。想像するとあとあとの対応の難しさに、こちらが不安になる。

結局聞けずに流した。

「この金網、登れる？」

駐車場とを隔てて立つ金網を指さし、はるとが聞いてくる。質問は唐突だが、会話を拒否されているのではないと知って、僕の心に喜びの水しぶきが上がる。

へんな力が湧いて、こぶしを見せ「もちろん」と答えた。

僕は助走すると、金網に駆け登った。運動神経と力なら、この歳になってもいくらか自信が

ある。途中で振り返り、はるとを見下ろし手を振った。

縄跳びをしていた女児が向こうから、「あーっ！」と、僕を指さしていた。そのときは尊敬の眼差《まなざ》しに見えた。僕は意気揚々と彼女たちにも手を振った。

「そこ、登っちゃ駄目なのに。ともりんに言ってやろ」

「えっ、そうなの……」

二人の女児は言い訳する間もなく、建物の中に消えてしまった。金網を下りた僕に、

「おじさん、金網は登っちゃ駄目って、ルールがあるんだよ」

キャップをかぶった三年生くらいの男児が駆けてきて告げた。

「ごめん知らなかった」

「おじさん、ここの職員なんでしょ」

「職員……まあ、そうだけど」

「じゃあ、ちゃんとルールを知っておかなきゃいけないでしょ」

確かにその通りだ。それにしても、その物言い。恐るべしだ。

唐木先生が小走りに出てくると、児童たちが面白がって集まってくる。縄跳びの二人組が、ともりんの両手を取り、こと細やかに僕の悪事を説明した。

「すみません。知らなかったもので」

ここは先に謝っておこう。

「知らなくても、普通大人は登らないでしょう」

「いや、男の子としては、普通に登っちゃいますよ」

「はっ？」

僕の中でなぜだか、ここは男の子代表として言っておかなきゃと、心の奥から突き上げてくる強いかたまりがあった。

「僕なんか、いつも金網をよじ登っていましたよ。木にもよく登りました。住んでいたアパートの前に松の木が三本もあって、その木に登って、三階だった自分の家の中を覗《のぞ》いたときは感動でした。今までに見たことのない景色を見る。そうした感動を味わえるのも、子ども時代の特権ですよ。でも、平屋の建物の屋上から落ちて、骨を折ったことはありましたけど」

「小野先生。それっていつの話ですか？」

「それは……昭和四十五年頃」

「時代が違いすぎます。ここでは絶対にやめて下さい。なにかあったらどうするんですか」

「なにか、とは？」

「誰が責任を取るのですか」

「責任って……」

「命はひとつしかないんですよ」

「なるほど、そうですよね。わかりました。すみません」

僕が頭を下げると、子どもたちは、

「わー、大人のくせに謝ってる」と、満足気に声をあげ、再び鬼ごっこや縄跳びに戻って行った。それにしても、ここで生き死にの問題を持ち出すなんて、大げさ過ぎるだろう。

唐木先生は、建物に向かいかけた足をふと止めて、僕に言った。

「あまり大きな声では言えませんが、この金網、あまりお金をかけて作っていないので、倒れる危険性があります。登るのはもちろん、揺らすのを見たら、すぐにやめさせて下さい」

「えっ……」

「それから、地面に亀裂を見つけたら、すぐ知らせて下さいね」

唐木先生が正直なのはいいが、それはそれで、駄目じゃないのか。

そして僕はまたはるとと二人になった。意外なことに、はるとは笑っていた。そして笑顔に任せて言う。

「おじさんも、僕と同じで、ばかなんだね」

その瞳にさっきまでの暗さはなかった。

「うん。まあ、ばかというか、軽率かな」

「けいそつ？」

「そっか、わからないか。ええっと、軽々しい。思慮が足りない。気分で動く。考えが残念。なんて言ったらいいかな」

正確なニュアンスまで、小学生に、言葉で伝えるのは難しい。これは、顔と名前を一致させる以上に、ハードルが高いかもしれない。

「おじさん。それって、つまらないことで失敗することかな？」

はるとが、助け船を出してくれた。

「そうそれ！」

嬉《うれ》しくて、手のひらを合わせ、タッチしようとした。はるとが不器用に手のひらを合わせてくる。小さくて柔らかな感触。

「わあ、冷たい手」

僕ははるとの手を包んでさすった。冷たいけど、なんて小さくてやさしい手なんだ。

その瞬間、この仕事いいかもと、僕は胸の奥があったかくなるのを感じていた。この、子どもの頃焼き芋を買って、胸に抱いて帰ったときのような胸の温かさは、いつ以来だろうか。記憶にない。

そのせいだろう。

「ねえ、なにかしようよ」

と、自然とはるとに話しかけていた。

「僕、小さいドッジボールがしたい」

小さいドッジボールってなんだろう？

「ドッジボールなら、向こうでやってるよ」

「怖いから、ゆっくりのドッジがいい」

なるほど、小さいドッジボールって、そういうことか。本当はドッジボールをやりたくても、仲間に入れるほどうまくできない。その惨《みじ》めな感情をはるとは、ばかだからという言葉で表していたのだ。

僕は玄関脇の木箱から、柔らかいゴムボールを出した。

「これでドッジの練習をしよう」

「うん」

両手でゴムボールを投げるけど、はるとはすぐ弾《はじ》いてしまう。投げて寄越《よこ》すボールは、まだ弱くて、五メートルほどで失速する。それでも、もう一回もう一回と繰り返すうちに、はるとの顔が輝いてくるのがわかった。

「よし、もっと強く！」

気がつくと僕はそう叫んでいた。


「待ちなさい！」

矢沢先生の声がして向こうを見ると、いつしかドッジボールは中断して、子どもたちの輪ができていた。

「ちょっと待ちなさい。淳之介《じゅんのすけ》くん！　あなたはもう五年生なんだからね」

「だからなんだよ。うっせーんだよ、やざわっち」

輪から飛び出した大柄な子を、矢沢先生が引き止めようとしたが、その手は簡単に弾かれた。けっこうデカい。

建物に向かって、淳之介がずんずん歩く。

体力なら自信がある。いや、体力しか自信がない僕は、ゴムボールを置くとすぐに突進した。

「おい、待てよ」

高学年とはいえ相手は小学生だ。無茶苦茶に暴れなければ、引き止められる。肩に腕を回して、ぐいと引き寄せた。

「誰だよ、おまえ」

「はい、私は小野大地。五十八歳」

「はあ、なに言ってんの？　意味わかんない」

ここ、笑うところだったのになぁと思いつつ、淳之介を引きずって、矢沢先生のところまで連れ戻した。

まさか、小野先生が解決してあげて下さいね、なんてことは言わないだろうな。

「ありがとうございます。小野先生。はい、淳之介くん。かきねちゃんに謝って」

輪の中で低学年の女児が一人、膝を抱えて泣いていた。

「前にも言ったよね。ドッジで低学年の子がいるときは、手加減しなきゃ駄目って。五年生と二年生じゃ、ぜんぜん力が違うって、まだわからないの？　しかも女の子だよ」

「手加減してるよ」

「してないから、かきねちゃんが泣いちゃったんでしょ」

「じゃあ、ドッジするな」

「あのさぁ」と、矢沢先生が溜息《ためいき》をつく。

「謝れば」と、周囲から女児の声がする。淳之介は体こそデカいが、周囲から恐れられているというふうではなかった。

「勝負できなきゃ、つまんないし」

その言い分は、わかる気がする。基本的に男子は、勝負することを前提に生きている。ましてや五年生と二年生が、同じコートでドッジボールをすること自体に、無理がありそうだ。それにこれほど謝罪を拒否している子に謝らせて意味があるのか、とも思う。

「ずっとこのままでいる？　淳之介くんだって、悪いと思っているんでしょ」

小五の頃の自分を思い出してみると、叱《しか》られている記憶はたくさんあるが、謝っているアーカイブスは保存されていない。僕も謝らない子どもだったのかもしれない。そういえば、叱っても睨《にら》みつけてきたと、大人になってから母に聞いたことがある。どちらにしても、親と心を通い合わせた記憶なんて一度もない。

周囲の児童からの圧力に耐えかねた淳之介は、「ごめんなさい」と一応頭は下げたが、遊びの輪から外れ、ふてくされたまま室内に入った。

他の子たちはといえば、ドッジボールを再開するみたいで、泣いていたかきねも、すくっとコートの中央に立っていた。

「淳之介の代わりに、やざわっち入って」

「いいよ」

矢沢先生が明るく答えた。これで解決したのかと違和感がある。なんでも謝って、ハイ終わりって、それはないだろう。

謝りもしない大人や、責任は認めても責任を取らない大人を日常的に目にする中で、謝るのは大事なことだと思うけど、淳之介のフォローは必要ないのか。子育ての経験はなくても、人並みに心配になる。

ちょうど星野先生が、「小野先生、交代しましょう」と出てきた。いちばん若い先生だけあって、鬼ごっこの子らから、「ホッシーきて。一緒に鬼ごっこしよう」と、声がかかる。

やざわっちのそばに行き、淳之介くんを見てきていいですかとお伺いを立てる。個人プレーはなるべく避けるべきだろう。

「どうぞ。ああ、でも、あまり深追いしないで下さいね」

「はい」

深追いの意味はよくわからなかったが、ともかく室内へ戻る。こちらも手洗い、消毒をして、事務室でモニターを見た。防犯カメラが室内外八か所に設置してあり、録画している。

淳之介は高学年部屋の隅っこで一人、カードを並べていた。まだ宿題を終えていない子やタブレットで動画を見ている女子もいる。

「どうかしましたか？」

唐木先生に声をかけられた。

「さっき、淳之介くんがドッジで二年生の女子に思い切りぶつけちゃって、泣かしてしまったので」

「またですか」

おやつで使ったプラスチック製の皿を流し台に運びながら、唐木先生が眉をひそめる。

「女の子は、もう大丈夫みたいなんですけど、淳之介くんに、声をかけてきてもいいですか？」

「もちろん大歓迎です。あ、でも、あまり深追いしないで下さいね」

やざわっちと同じことを言った。

唐木先生にならに聞いてもいいだろう。

「深追いって、どういうことですか？」

「それは、子どもというのは、いつも成長過程にあります。ここにいる時間だけがすべてではありません。つまり、どうにでもなる可能性を持っているから、今ここだけの彼を見てこちらから決めつけないように。深追いして、せっかくこれから成長する若い芽を摘み取ったり、せまくて暗い場所に追い込まないでねってことです。それにここで機嫌が悪いからといって、ここで起きたことがすべてではありません。学校でなにかあったかもしれないし、家での居心地が悪いのかもしれない。だからといって、無神経に人の心の中に入り込もうとしないで下さいね。わかりますか？」

「……いやぁ、わかったような、わからないような」

「そのうちにわかります」

これ以上説明しても無駄だと悟ったのか、唐木先生は背中を向けてお皿を洗う。

高学年部屋に入る。きのうは高学年との接触がほとんどなかったせいで、張りつめたような空気になった。

「誰、この人？」と、ここでも子どもたちから疑義の儀式を受ける。さすがに高学年の部屋にくると、喧騒《けんそう》から離れてほっとする。行動にも目的が感じられ、見た目にも、すでに児童というよりも、少年少女と呼ぶにふさわしいほど静かだ。

「きのうから働いています。小野大地です」

「こなくていいから」

瞬時に返したのは、淳之介だった。

拒否感はあるが、反抗的とはまた違った目で僕を見る。意思を読み取りづらい目だ。

「いやいや、そういうわけにもいかないので」

笑いながら淳之介に近づくと、すぐに手をヒラヒラと振って、こなくていいと遮られた。

「説教はいらない」

その言い方が、とても慣れた感じでふてぶてしい。

「説教じゃないし。どちらかというと、淳之介くん、大変だと思うよ。男だからわかるけどさ。男ってつらいよな」

と、同情しつつ同性であることを武器に、うまく彼を懐柔できないかと考えた。彼が本気で反省すれば、僕の評価も上がるはず。

「なにがつらいの？」

「だって、男子は女子の中でいつも遠慮していなくてはいけない。僕も家では、いつも遠慮していたし」

笑うところなのに、笑ってくれない。

「なにが言いたいの？」

「だから、さっきみたいなときには、さっさと謝った方が楽だって」

「あんなので泣かれたら、やってらんない」

「だから泣く前に、ごめん、痛くなかった？　大丈夫？　って言えばよかったじゃない。特に今は冬だし、ボールが当たると痛いから」

「夏ならいいの？」

「そうじゃないけどさ。謝ることも大事だろ」

「無理！」

「えっ……。でもさ、相手は二年生なんだろ。手加減しなきゃ、危険でしょ」

「向こうが、ドッジに入らなきゃいい」

おかしい。こんなはずじゃなかったのに。撃ち出す弾全部が、見事に弾き返された。技術不足と指摘されればそれまでだが、どこか根本的なところで、会話が嚙《か》み合っていない。

なにか言葉はないかと探していたら、淳之介に先を越された。

「説教終わり？　終わったら出てって。シッシッ」

犬猫を追い払うように、手の甲で追い払われてしまった。

今の小学生、すっげーと、叫びそうになる。

僕が小学生の頃、大人に向かってこんなことができる子どもは、ほとんどいなかった。もしやれば、胸ぐらを摑《つか》まれ、なんだこのクソガキと、締め上げられ、数発は殴られたであろう。今は大人の方が、「はい、失礼いたしました」と、尻尾を巻いて退散するしかないみたいだ。

五時になると、全員室内に入る。宿題もおやつもすませ、めいめいにグループを作って、ブロックやカードを使ったゲーム、おりがみやぬり絵に没頭していた。

葉子先生はおりがみが得意のようで、タブレットの動画を見せながら子どもたちに教える。三月の飾りつけなのだろう、おひな様を作っている。

「小野先生、コーヒーでも飲んで、ひと息入れて下さい」

「ありがとうございます。矢沢先生」

「あまり最初から頑張って、燃え尽きてしまうと困りますから」

「大丈夫ですよ。子どもといると楽しいですから」

「でもそう言いながら、すぐやめる人、けっこういるんです。子どもが好きな人ほど」

「そうなんですか？　悪くない職場だと思いますけど」

なによりも、じっとしている時間がないのが僕にはいい。

「子ども相手だから、自分が誰かの人生を導いてあげられそうな気がして、いきなり頑張っちゃうんですよね。なのに、子どもたちからは、望むような反応が返ってこない。それどころか、きのうごめんなさい、もうしませんて謝ったのに、また今日同じことで喧嘩《けんか》している。そのうちに自分が思っていたのと違う。で、つまんないってやめていく」

さっきそれに似た気分を味わった。

「わかります」

「もうわかっちゃいましたか。それ、まずいじゃないですか。やめないで下さいね」

「やめませんよ。ただ、さっき淳之介くんと話をしたけど、思いっきり挫折です。どうにもなんないって感じ。ああでも、人間なんて、どうにもならないことって、いっぱいありますよね」

「えっ、小野先生、なにかあったんですか？」

「いや、なんでもないです」

こんなときに、また美月のことを思い出した。

「淳之介くんは、難しいですよ。共感性に乏しくて、自分の世界、自分の判断がすべて。だからといって、誰かと向き合って怒ることもないし。かといって泣くこともない」

さっきも、淳之介は怒ってはいたが、特に興奮するでもなく、やりたくないことはやらないという、自分の立場を固持したいだけのように見えた。感情がないようにすら思えた。

「まだ、怒るとか、悔しいとか、悲しいとかあればいいんだけど。あの子の場合、自分の物差しに合うか合わないか、それだけなんです。合わないものは排除する。目の前で、下級生が泣いていても、面倒臭いだけなんですよね」

「はっきりわかりませんけど、これもよく言う、発達障害なのでしょうか」

「対人関係が不器用すぎるという傾向はありますが。どうでしょうかね。アスペルガーの可能性は否定できません。ただ発達障害は脳機能の障害ってことになってますが、生まれ育った環境も大きく影響していると思うんですよね。大事なのは本人の生きにくさをどう排除して、うつや引きこもりにならないように予防策を講じることができるかでしょう。まあ、ここでできることは知れてますが」

「あ、そこはわりと、無責任なんですね」

少し慣れて、冗談交じりで返した。

「唐木先生が、そういう理屈っぽいの嫌いなんです。愛情第一みたいな人ですから。まあ、あの人もいろいろあった人だから」

「えっ？　いろいろって……」

「あ、ごめんなさい。今のは忘れて」

「はい……」

どういうことだろう。矢沢先生には思わず「はい」と答えたが、そんな言われ方をすれば、余計、唐木先生になにがあったのか気になる。

そして四人の職員にも温度差があるのだと、はじめて感じた。

「淳之介くんのことですが、直接、保護者の方に言ってみたらどうですか？」

「駄目ですよ。保護者の方が、必ずしも私たちと考えを共有してくれるとは限りません。うちの子はそんなじゃないっていやな気分にさせて、やめられたらどうします？」

「始末書ものですね」

「でしょう。預かっている子どもの数が減れば損失ですから」

話しているあいだにも子どもたちが事務室を覗き、用事を言いつける。

「やざわっち、ぬり絵のコピーして」

「トランプ取って、やざわっち」

「卓球したいから机出して」

と、誰かを導くどころか、雑用係で手一杯だ。

「小野先生。男の子のバトル、見ていてくれませんか」

唐木先生に呼ばれた。

行こうとすると、やざわっちが、声をかけてくる。

「ああ、でも、そういった色眼鏡で子どもたちを見ないで下さいね。心や体が共鳴しにくいなどマイナス面はありますけど、新しい世界を創造する大きな可能性も秘めています」

自分から、アスペルガーとか言ってたくせに。

子どもの相手は、とても繊細で複雑なのだろう。

「親って、大変だろうな。他人の僕ですら、いい加減にしろって、キレそうになった」

（淳之介くんのこと？）

「うん。男はつらいよ作戦、見事に失敗したし」

（それって、大地くんが考えたの？）

「そうだよ。自分はそういうので、気持ちが落ち着くタイプだったから。ああ、でもなんて言えば、淳之介くんに共感してもらえるのかな」

（あんまり、無理しなくていいから）

「それは言わないでよ」

（どうして？）

「僕がいちばん嫌いな言葉だから」

（知らなかった）

「子どもの頃、両親が僕をサッカー選手にしようって、随分と頑張ったんだけど、結局、高三の夏もレギュラーになれなくて、両親から言われたんだ。おまえはもう、無理してやらなくていいって。ショックだった。家族から、戦力外通告を受けた気がした。あれ以来、なにかに向かって頑張れなくなった。大学を出て、映画監督を目指したけど、それも中途半端。調理の仕事に就いて、お店を出したいって志はあったけど夢で終わった。認めたくないけど、努力も足りなかった。気がついたら、僕は頑張れない人間になっていた。でも今日、はるとくんの手のひらが温かくて、涙が出そうなくらい嬉しくて。よし、頑張れるぞって、そんな気がした」

（よかったね、大地くん。その温もりはきっと本物だよ。頑張ってね）

4　子どもは天使ではない

二日が過ぎ、三日が過ぎ、子どもたちから、職員として先生として認知されてきたのはいいが、一向に子どもの顔と名前が一致しない。事務室の前で入室のチェックをしながら、右往左往だ。

親切な子は、「まつだもとき、帰りました」と、高らかに名乗りを上げてくれるが、たいていは「ただいま」のみ。いきなり「ああ疲れた」と入ってくる子もいる。

「お帰り。ええっと、名前はなんだっけ？　おじさん、すぐに忘れちゃうから」

恥を忍んで、おどけながら聞く。

すると、険しい目をした女児が、

「一回で覚えろよ」

睨《にら》みつけてきた。

な、なんなんだ、この子は……。

ちょっとビビる。

「花恋《かれん》ちゃん、今なんて言ったの？」

素早くチェック表を確認する。

二年生・塚本《つかもと》花恋。

事務室の中まで聞こえていたのだろう、唐木先生が出てきた。手洗い場へ行こうとする花恋の腕を摑《つか》んで引き戻す。

「ねえ、花恋ちゃん！」

「ウザい」

「ウザくても言う。ああいう言い方は、よくないよね。小野先生に謝って下さい」

「ごめんなさい」

あっさりと謝ってくれて、驚く。

しかし、謝罪の言葉を口にはしたが、いかにも心はこもってなくて口先だけ。しかもその事実をこちらに伝えたいのか、片目を薄く閉じ、口の端で笑った。

二年生で、こんな笑い方ができるのかと驚いた。たぶん誰に話しても信じてもらえないレベルだ。

唐木先生は、ここでも深追いはしない。今までの彼女の人生になにがあったというのだろうか。気になって、彼女の家庭環境やそれこそ生育歴など聞いてみたくなるが、そんな余裕もない。手洗いチェックに消毒をすませ、宿題や学校からの連絡事項の確認。

さらには、塾のようにそのまま席に着いて勉強に移行する子は少数。みんなすぐに遊ぼうとする。座ってくれれば、まだいい方だ。図工で作った馬を「ブタみたい」と男児がからかい、追いかけっこが始まり、ついには泣き出す女児。

僕はといえば、めんどくせー、と、心の中では叫びながら、男児を叱《しか》り、女児をなだめる。

ああ、めんどくせー。

予想できそうな結末なのに、男児はばかだから、かまわずにはいられないのだろう。また、それくらいで泣くなよ、女児、とも思う。だからといって、小学一年生や二年生の頃の自分がどういう気持ちで過ごしていたかだなんて、ほとんど記憶にない。まあ、当時は弱肉強食がはっきりしていたから、みんなの後ろをよたよた歩いていたはず。少なくとも、中心になって暴れるタイプでなかったのは確かだ。

「はい、座って」「前を向いて」「そこ誰の席？」「ランドセルは机の下」「ノートを破くな」「紙を食べるな」「友だちの髪の毛を引っぱるな」「消しゴムをちぎらないで」「鉛筆の芯を抜くな」「人のプリントに自分の名前を書くな」「靴下脱ぐな」「鉛筆で突くな」「白目をむくな」「ウンコウンコ、言うな」「チンコも駄目」

ようやく宿題に取りかかった児童をそれとなく見る振りをして、筆箱やノートに貼られたネームシールを頼りに名前を覚える。

「宿題のプリントは、名前を先に書こうね」などと話しかけながら、氏名を覗《のぞ》き見る。

花恋の言葉遣いは悪いが、やはり名前を覚えてほしいという気持ちはあるのだと思う。

さっきのことは忘れたような顔で「私、自分の名前、漢字で書ける」と話しかけてくるその目はキラキラしている。

葉子先生が冗談交じりに教えてくれたのが、

「山下舞衣《やましたまい》ちゃんと舞友《まゆ》ちゃんは間違えないで下さいね。それだけで怒って、一週間引きずりますよ」

二年生と四年生の姉妹だが、どうしてこんなに似た名前をつけるんだと、親を恨む。

しかし、名前は大事。あなたのことを、ちゃんと認識していますよという合図なのだ。調理師としてお店で働いていたときにも、お茶とおしぼりを早く出すことに店の主人は気を遣っていた。「ちゃんと、お客さんのことはわかっていますよという印だから」と、口うるさく注意していた。「私」とは、何者にも代えがたき存在なのだ。

子どもたちが宿題をしているところに、唐木先生が現れた。

その表情を見るなり、

「ともりんが怒ってる」と、女児が呟《つぶや》いた。

「ちょっとみんな。宿題の手を止めて」

ピシリと唐木先生の声が空気を打った。

ピタリ、手と雑談がやんだ。

宿題を後回しにしてもいいんだと、少し驚いた。

「今日、葉子先生がお迎えに行ったときに、呼んでもなかなかこなかった子が、二人いたそうですね。ドライバーの清川《きよかわ》さんが怒るまで、みんなを待たせたまま、鉄棒で遊んでいたそうですね」

誰だろうとさぐる声もなく、みんなの視線が二人の女児に注がれていた。

さっき「一回で覚えろよ」と言った花恋と、隣の席に座っている沢鈴音《さわすずね》という髪の長い女児だ。

「とっくに、他の子が乗り込んでいたのは、二人ともわかっていたんでしょう」

ドライバーは介護施設と兼任で、それだけに、学校へのお迎えで時間を取られたくないのだ。子どもたちが通う椿《つばき》小学校は、車で五分ほどの距離にあって、どちらかと言えば近い。歩けばいいのではとも思うが、今の世の中、どういうことで事件・事故に巻き込まれるかわからない。できる限り危険は避けたい。かといって、一日三十分や一時間の運転手だけで求人を出しても、条件が悪くて誰も応募はしてこないだろう。

「ごめんなさい」

まただ。

花恋は湯沸かし器の「お湯が沸きました」のアナウンスのように、感情のない声で、すぐに謝罪する。

鈴音の方は、じっと伏し目がちになって反応しない。

「ねえ、葉子先生や、ドライバーさんに謝った？　謝ってないよね。しかも、葉子先生が、待ってもらったみんなに、なにか言うことないって聞いたら、なにもないって、答えたんだって？」

ここで唐木先生は、長めの間を取る。自省を促しているのだろうと想像がつく。

僕が育った昭和の時代なら、彼女たちの目からポタポタと大粒の涙が落ち、机を濡《ぬ》らすところだが。

そう。

見事になにも起こらない。

ただ静かなのだ。

へんなのだ。

これが令和なのだ。

下手《へた》すると、このままスルーされてしまいそうな雰囲気だ。

空気を読んだのか、花恋はすくっと立って先生の前に行き、みんなに向かって「ごめんなさい」と、さっきよりも心のこもった声で謝った。

ようやく素直になれたのだろうか、それとも考えるのが面倒臭くなったのか。

「鈴音ちゃんはどうするの。謝れない？　どちらにしても、罰として、あとで音読してもらいますからね」

唐木先生は冷たく言い放つと、きびすを返した。

「音読って、教科書を読むんですか？」

再び宿題に戻った子どもたちを見ながら、やざわっちに聞いた。

「他に読みたい本があれば、なんでもいいけど」

部屋には本棚もあって、漫画や絵本、一、二年生向けの幼年童話がある。

「でも、それで反省するんですかね。なんかぜんぜん、反省しようって雰囲気が漂ってきませんけど」

「あたりまえですよ。反省なんて大人が安心したいためだけのキーワードですから。お守り言葉、ですかね」

「お守り言葉。はあ……なんかわかる気がします」

「反省なんて抽象的な概念、小学一、二年生にはわかりませんよ。大人だって、できないのに。だから小野先生も、なるべく具体的な言葉で声かけをお願いしますね」

やざわっちは時々、難しいことを言う。

花恋と鈴音はひそひそとお喋《しゃべ》りしながら、漢字を書き写す手は動かしている。宿題とはいえ、本気で取りかかれば、二十分あればできるだろう。

宿題が終わっても、いつものように、おやつ、外遊びの流れにはならなかった。

職員が机を片付け、部屋の片方に一、二年生の子どもたちだけを集めた。みんな体育座りだ。

「学校の授業が終わったら、一年生は、どうするんでしたか？」

唐木先生が問いかける。

「運動場に並んで、待ってる」

お利口さんな女児の声。

「じゃあ、二年生は？」

「直接駐車場に行って、ドライバーさんに、車に乗せてもらう」

今度は男児が元気に答えた。

「今日は、二人の子が約束を守ってくれませんでした。そういうときには、どうしますか？」

「音読」

と声があがった。

今日のような、イレギュラーなことが起こる度に、注意を喚起させてきたのだろう。そして罰としての音読も、馴染《なじ》みがあるらしく、「あとで僕も読みたい」と立候補する子まで現れた。しかし、自ら進んで読むのと、罰として読むのとでは当事者たちの受け止め方は違ってくる。

花恋はたどたどしくではあったが、教科書を読み切った。五十年が経《た》つというのに、僕が習った時代とあまり作品が変わっていないことに驚いた。いわれのない恐ろしさすら感じた。

社会や子どもたちはこれほど変化したというのに、学校という組織と教科書は、今も同じ。

「読みたくありません」

鈴音ははっきりと答えた。まるで当然の権利を行使するような落ち着いた態度で。五十年前にはなかった姿だ。学校でそういう態度を取れば、顔を叩《たた》かれ、廊下に立たされ、親が呼び出しをくらっていた。僕も学校へ行くときにはいつも親から、先生に迷惑をかけてはいけませんよと、送り出されていた。

「じゃあ、どうするの？　そういう決まりじゃなかったっけ。これはみんなで決めたんだよ」

唐木先生が根気よく言う。

「決めたとき私はいなかったし、知りません」

「謝るのもいや。罰を受けるのもいや。じゃあどうしよう」

「僕が代わりに読む」

さっき立候補してくれた男児が立ち上がって、本棚に向かった。唐木先生は腕組みして、鈴音をじっと見つめた。鈴音は鈴音で、ガラス窓の外の景色を無表情なまま、静止画像のごとく眺め続ける。

男児は葉子先生に読んでいいかを尋ねる。葉子先生がいいよと微笑《ほほえ》むと、前に出て、安心して読みはじめた。

鈴音は透明人間にでもなったようにひっそりと気配を消すと、みんなの後ろに移動してしゃがんだ。

「まだ終わってねえぞ！」と、昭和なら鈴音に怒声が飛ぶところだが、唐木先生は静かにスルーした。

これ以上は仕方がない。

こういうときには、暴力は別にして、徹底的にやり合った方がいいのではないかと、僕なら思う。暴力や暴言を排除したのはいいが、その中に強さや厳しさや、捨ててはいけないものが微量かもしれないが含まれていたのではないだろうか。

昔ならば主張をするなら、それ相応の責任ある行動が必要だった。今は主張ばかりが乱舞している。義務ばかりが強要される社会はもちろん恐ろしいが、権利ばかりを叫ぶ社会も怖い。


そんなことを考えていたせいかわからないが、三日後、まだお昼を過ぎたばかりなのに、僕まで呼び出され、オーナーを交えての会議となった。

玄関を入った正面のスペースに、ローテーブルを四台並べ、六人が囲んだ。

〈キッズクラブ・ただいま〉で、体罰が行われている件について。

配られたA４サイズの用紙には、その文言だけが書かれていた。

「きのうの朝、私のところへ匿名の電話がありまして。ここで体罰が行われているという話でした」

オーナーが、事務的な口調で問題提起する。

「そんなばかな」

僕は思わず、声をあげてしまった。

「あのぅ、唐木先生、そのあたりの事情は、まあ、わかってはおるのですが」

オーナーが、どうぞあなたの口から説明してあげて下さいと、唐木先生に手を差し出す。

「三日前の件ですが。鈴音ちゃんが、どうしても謝ってくれませんでした。それで、音読も拒否したのですが。あの日の夜七時過ぎに、鈴音ちゃんのお母さんから電話がありました。もちろんクレームの電話です。娘がいやがっているのに、みんなの前で音読をさせようとしたのは、体罰ですよね。ということで、謝罪と、音読の廃止を要求されました」

「いやいや、それはないでしょ。ちゃんと話したんですか」

やざわっちが身を乗り出す。

「もちろん、音読に至るまでの経緯《いきさつ》は話しました」

「でも、引き下がらなかったんですか？」

「はい。わかってもらえませんでした。それとこれとは話が違うと」

「それで、どうされたんですか？」

ホッシーも心配そうだ。

「謝罪はしましたが、音読をやめるつもりのないことは伝えました」

「あの、花恋ちゃんは……」

葉子先生が尋ねる。花恋は、口は悪いが、よく葉子先生のそばにくっついて、おりがみを折っている。「おまえはくるな」などと、花恋の悪態が炸裂《さくれつ》すると、抱き寄せるようにして「そんなこと言わないの。ほら謝って」と、根気よく声をかけている。

「花恋ちゃんは関係ありません」

唐木先生から聞いて、葉子先生がほっとした表情になる。

「ただ、二年生の保護者に、鈴音ちゃんのお母さんがＳＮＳで回しているみたいで、真緒ちゃんのお母さんから、気をつけるように連絡がありました」

どこもかしこも、大人も子どもも、ＳＮＳか。こちらの暴力は野放しだ。聞いていると別世界の話のようで、ふわりと気が遠くなる。

「でもそれって、逆に威力業務妨害罪とかじゃないですか？」

つい僕も口をはさんでしまった。

とたんにオーナーが咳《せき》払いをする。

「そういう方向で話を進めないで下さい」

「そういう方向とは？」

「対立を煽《あお》るような方向です。なるべく穏やかに解決を図ること。それに、そんなことをして、なにか得することがありますか。社会経験が豊富な小野先生ならおわかりですよね」

「確かにメリットはないです」

ここは素直に引き下がる。

「あくまで、クレームをどうするか。そしてこれから体罰をどうするかです」

「体罰はしていません」

唐木先生もさすがに強い口調になる。

「だからそれは、向こうがそう言ってるんだから、そうですよ」

ああ、この無力感。幾度となく社会の中で感じたことがある。

言葉も感情も拒否されて届かない。

「まさかオーナーは体罰と認めたのですか？」

「認めてはないですよ。ただ内部調査をしますってことで、保留にしておきました」

くすっとホッシーが我慢できずに笑う。ホッシーでなくてもばかばかしいと思うが、これも危機管理のうち。初期対応が肝要になる。

「とにかく音読はなしということで。代替案として、なにか考えておいて下さい」

「えっ⁉」

「謝罪は私の方からしておきますので」

「えっ⁉」

オーナーの事務的な声に、僕も含め、職員の表情が固まった。結論ありきの話だったのか。

「それはないですよ。音読は体罰ではありません」

唐木先生が頑《かたく》なに主張する。

「まあ、体罰という言葉を使うことに関しては、私もどうかと思いますよ。しかし、罰は罰でしょ。罰はいけませんよ。やめておきましょう。褒めて育てましょう」

「でも、本を読むのが罰なら、音読の宿題は罰ですか？」

葉子先生も唐木先生に協力して、なんとか抗《あらが》おうとしている。

「しかし、みんなの前で強制的に読ませるのと、宿題で誰かに聞いてもらうのとでは話が違うでしょう。ねえ、唐木先生」

「そうかもしれませんが、結果的に、みんなに聞いてもらうことで、共感性を高めてもらいたいと考えています。この前も花恋ちゃんがなかなか読めずにいたら、いつも暴れてばかりで人のことなんて考えていないような永吉《えいきち》くんが、頑張れって、声をかけたんですよ。あんな姿、はじめて見ました。たぶん永吉くんも、自分の中にそんな気持ちがあるって、思ってもなかったはずです。彼にとっても、これはものすごい宝物になると思います。子どもたちの心の中には、そうした宝石みたいな思いの原石がたくさんあるはずです。もちろん鈴音ちゃんにもあるはずです。音読を罰と呼ぶなら、罰も成長の可能性を引き出す愛情表現のひとつです。どんなことも、私は愛情を持ってやっています」

唐木先生の話に、葉子先生は涙ぐんで頷《うなず》くが、オーナーはむしろ白けてしまったようだ。

「永吉くんは、この際どうでもいいので……あのぅ、愛情はもちろん大切ですが、これだけは、はっきりさせておきますね。ここは子どもを預かるのが仕事ですから。教育機関でもなければ、矯正施設でもありません。学校から無事に連れてきて、ここで預かる。そう、預かるだけです。そして保護者の方が迎えにきて、無事に引き渡す。これだけです。たとえはへんかもしれませんが、駅前の自転車預かり所で預かった自転車を、夕方までにピカピカに磨いたりしますか。しないでしょ」

男社会なら、そりゃあそうですよね。オーナーのおっしゃる通り、で話は進んでいくのだろうが、ここではそんなわけにはいかない。

唐木先生はめげない。

「しかし子どもたちは、日々自然と成長をしていきます。個人差もあります。それに対応して、子どもたちに寄り添いつつの指導が必要になってきます。ここは学校のように、ガチガチにルールで縛られたりしない。かといって自宅にいるように、自由気ままに過ごせる場所でもありません。ちょうどその中間です。年齢も様々だし、保護者が、外国人の方もいます。だからこそ人間関係や社会性を育むことができる格好の場所なんです。それを、預かっておくだけとか、私たちを信頼してくれている保護者にも失礼です」

「信頼していないから、クレームがきたんでしょ」

さすがオーナー。スマッシュを打ち返すスピードは国体レベル、などとちゃかしてはいけないのだが、オーナーはひと言で劣勢を跳ね返す。

「さっき、罰はいけないとオーナーはおっしゃいましたけど、間違っています。罰は必要です」

やざわっちが刺激的に話を戻した。

「子どもは放っておいては育ちません。子どもは大人から罰を受けることで、最初の善悪の規範となるべき受け皿を獲得するのです。あくまで受け皿だけです。そしてそこから成長して、他者との行動を比較しながら、今度は自分が中心になって、受け皿の善悪の規範を修正していくのです。最終的には社会性を取り入れながら、自分なりのモラルを完成させるのです。だからその基礎部分が罰を受けることなんです。学校ではもう、そうした行為は不可能です。かといって、家庭でもお母さん方は疲れていて、なるべくストレスを減らそうとします。私たちもお母さん方を見ると、少しでもストレスを減らしてあげたいと思います。そのためのキッズクラブでもあります。家の中で笑っている時間を増やしたいと思います。だからこそ、ここで過ごす時間が大切になってくるのではないですか」

「なるほど、矢沢先生のお話は毎度毎度、勉強になります」

とオーナーは、高そうな腕時計をチラリと見ると、

「時間なので、来週中に改善策をお願いしますね」

あっさりと帰ってしまった。

さあ、お茶でもと、立ち上がろうとしたら、

「まだ終わっていません。小野先生はどう思いますか？」

唐木先生に厳しい声で聞かれてしまった。伸ばしかけた足をまた畳む。

まだ子どもの名前を覚えるのすらおぼつかない僕に、意見を求められても、正直、困る。もっとのどかに、ボール遊びしたり鬼ごっこしたりしながら、子どもたちとの日常が過ぎて行くものだとばかり思っていたのに、まったくもって想定外だ。それだけでも子どもって、面倒だろうなと及び腰だったのだ。

「いや、でも、唐木先生。オーナーが言うように、中止するしかないですよね」

「あなたはどう考えるのかと、伺っているのです」

あなたはどう考えるのか……。

すでに決まったことを、さらに深掘りして考える習慣など、僕にはなかった。新鮮な経験ともいえるが、今のところコメントできるものが自分にはない。

「もう、仕方がないでしょ」

僕はやけくそ気味に答えた。

「仕方がない。それだけですか？」

「………」

「考えながら、仕事をして下さいね。すべては子どもたちのために、ですから」

唐木先生は面接のときに見せた、静かにたしなめるような目になった。僕は逃げ出したい気分になった。

そしてそのとき、自分の人生に対する後悔の思いが、ドッと押し寄せてきた。

仕方ないさとあきらめる習慣の方が、万年床のように、僕の肌身に合っていた。映画監督を目指していた頃も、仲間と安い酒を飲みながら話した。所詮《しょせん》映画なんて、プロデューサーとのコネだよな。スポンサーを摑んでこその、映画作りだからと愚痴を言い合った。そして早々と運のなさを理由にその世界を去った。

調理師として店をやろうとしたときもそうだ。五百万円の貯金ができて店の主人に独立の相談をした。しかしそれっぽっちの資金で店を出しても、すぐに頓挫する、運転資金にもならないと言われた。どうせなら今のうちに中古物件でもいいから家を買っておいた方が賢明だと諭され、店を出すのはあきらめて、家を買った。

誰かの意見に従えば、たとえ失敗したとしてもその人のせいにすればいいと、心のどこかで計算が働いていたのだろう。

自分の駄目な部分が、明るみにさらされた。生まれてはじめてかもしれない。女性に叱られて恥じ入ったのは。

そしてなぜだか、それが心地よかった。

（それは知らなかったな。大地くんって、女性の上司に叱られると、喜びを感じるタイプだったんだ）

「へんなタイプにしないでよ」

（それにしても大変だね。音読も体罰だなんて）

「ほんと、ひどいよ」

（でも大地くんは、反対しなかった）

「しても仕方ないっていうか、誰かに反対するのが苦手だから」

（そうでもないよ）

「そうかなぁ」

（私と結婚するとき、大地くんの両親は反対したけど、大地くんは、自分の親なのに、怒鳴《どな》りつけてくれた。僕はあんたたちを選ばない。僕が選ぶのは美月だって）

「あのときは僕の母親が失礼なことを言ったから。美月のお母さんが、水商売だからといって、どこの馬の骨だかわからない女を嫁にするほど、落ちぶれていないって」

（私、嬉《うれ》しかった。この人でよかったなって思った）

「母親の家は、戦争でみんな焼けちゃったんだって。父親も死んで、そのせいであの人は女学校を中退して、働いて、弟を大学に行かせたんだって。だから自分の息子には随分と期待してたんじゃないかな。なのに長男の僕が勉強もスポーツも期待外れだったから、すべての不満が、あのときに爆発したのかも」

（でも大地くんは、私を守ってくれた）

「そうかな。最後は美月を守れなかった」

（結局、そこに戻ってくるんだ、私のことはいいから、前を見て。今は子どもたちを守ってあげて）

「わかった。そうするよ」


翌日、職員みんなで知恵を持ち寄ったが、考えられることは限られてくる。

唐木先生のところに、昨夜もう一度、「罰」だけはいけない。根気よく子どもたちに寄り添うようにと、オーナーから電話があったそうだ。

子どもたちに根気よく言葉がけをするのは、いつもしていることで、今さら新しくもない。そうなると、やってはいけないことや、決まりごとを、文章にして壁に張り出すくらいしかない。しかし唐木先生をはじめ、誰もその効果は期待できないと言う。

それどころか、今いる子どもたちよりも、新しく入所を希望して見学にきた保護者たちが、ゴテゴテと張り紙のある壁を見てどう思うかだろう。それほどルールが守られていないのかと危険を感じたり、こんなにルールに縛られたらうちの子は息が詰まりそうと、二の足を踏むのではなかろうか。そちらの方が問題だ。

張り紙などすぐに景色と同化して、いわゆる抑止力にはつながらない。それに「ここに駄目って書いてあるから駄目なの」という導きは、唐木先生としては容認できないようだ。

「というわけで、なにもしないことにします。これからは問題があれば、今まで以上に根気よく言葉での働きかけをお願いします。どうしていけないのか。誰に謝るのか。これからはどうしたらいいのか。なるべく直接本人同士が言葉で言うように。ナントカちゃんがごめんねって謝ってるから許してあげてねは、駄目ですよ」

しかし経験的にも、子どもがちゃんと話を聞けるなんて、三分がいいところではないだろうか。僕自身の記憶をたぐっても、あとはもう嵐が過ぎ去るのを、じっと空気に溶け込む思いで待っていた気がするのだが。

僕も子どもたちには、極力丁寧に話して聞かせようとするが、うまくいかない。

走って逃げる子。しらーっとした顔で聞いて、適当なところで「もう終わった?」と面倒臭そうに言う子。突然「臭い。あっちへ行け」と言い出す子。「きのうママが」と、まったく関係のない話でごまかす子。三年生にもなると、「しつこいぞ、おまえ」「そんなこと言ってると、子どもに嫌われるぞ」「ここで働くの、向いてないよ」と、突き刺す言葉も豊富になる。

子どもは天使ではない。

けれども天使でなくなっていくのは、それは成長の証《あかし》ではないか、と思うのは、唐木先生の影響かもしれない。

学校教育という名の斧《おの》でたとえ翼は折られても、子どもたちはこの妙ちくりんな社会と、必死に格闘しながら生き抜こうとしている。

キッズクラブの使命は、すべては子どもたちのために、なのだ。

5　苦しいんだよね

たかだかお迎えの車に乗るのをいやがって、鉄棒で遊んでいて、それで叱《しか》られただけの話に、大人のプライドとSNSで大ごとになり、結局、沢鈴音はキッズクラブをやめてしまった。

ちょっと待てよと思う。

次からちゃんと集合してよね、わかった、で、すむ話ではないのか。それでは駄目なのか。なにかがおかしい。なにかがくるっていると思うのだが、心は地団駄を踏むばかりで、それがなんなのかはわからない。

子どもの話に大人は口出しするなと、これまた昭和だが、そういう戒《いまし》めがあった。大人が口をはさむことで、話は大きくなるばかりで、結局犠牲になるのは子どもなんじゃないのかな。それがわかっていて、伝えられてきた言葉なのかも。

鈴音は本当にここをやめたかったのか。彼女にも彼女なりの思いや考えがあって、これからもここで過ごせば、半年後、一年後には、ちゃんと成長ぶりを見せてくれたと思う。

しかしどんな可能性も、僕たち職員がここを飛び出してまで求めに行くことはできない。ここをやめさせますと、保護者が言えば、それまでなのだ。

そうしたジレンマを抱えながら、世界でいちばん小さな子育てが、日本中のあちこちで粛々と営まれている。

そうして二週間が過ぎ、チラホラと白梅が咲きはじめる頃、喜ばしい出来事があった。僕にもようやく、ニックネームがついたのだ。

唐木先生のことは、子どもたちが親しみを込めて呼ぶときは「ともりん」と呼ぶ。不思議なことに、高学年になると「唐木先生」に戻る子が多い。

おりがみが得意で、タブレットを持っている田名瀬葉子先生は、「葉子先生」だ。ふんわりした感じから、一年生の女児に人気がある。

矢沢真理先生は、「やざわっち」。以前、児童相談所で心理士として働いていたことがあった。その後子育てを終え、今はアルバイトでここにいる。宿題を教える確かさでは最も頼りになる。

「ホッシー」こと、星野海先生は、長い髪を後ろで束ね、女子にとってはお姉さん的な存在だ。恋愛話はたいていホッシーのところに集まってくる。まだ三十代で、子どもを保育所に預けて働いている。

そして僕のニックネームは、一年生の安田《やすだ》もんがつけてくれた。

彼女はアトピーがひどくて、体温が上がってくると、すぐに冷やしたいと頼みにくる。それでもつらそうな顔は見せず、向日葵《ひまわり》のような笑顔をいつも咲かせている。手のかからない子どもの一人だ。お迎えが遅くて、たいていおばあちゃんかお父さんがくる。お母さんもいるようだが、まだ顔は見たことがない。

そんなある日のこと、退屈しきったもんが言った。

「なにかして遊ぼう」

そう言われても、まださっと提案できるノウハウが僕にはなかった。まごついているのが伝わったのだろう。

「小野先生、ぐるぐるできる？」

「抱きかかえて、回すんだよね」

「そう」

「もちろんできる」

力仕事ならお手のものだ。スペースも充分にあった。ほとんどの子どもたちは、お迎えがきて、低学年の子が七名くらい、ぼんやりとテレビのアニメを眺めていた。子どもたちが寝てしまわないよう、葉子先生が目を配っていた。

「後ろから抱き上げて、ぐるぐる回って」

もんがやり方まで細かく指示を出す。

軽い。感動的に軽い。こんなにも軽くてキラキラした命をはじめて抱き上げた。愛おしくなる。安全を確認してぐるぐる回すと、キャッキャと喜ぶ。遠心力で体が伸びきっても平気だ。家の中ではこれだけのスペースはないのだろう。

回しているうちにコツを摑《つか》んで、ザブーンザブーンと高低をつけ、波のようにうねらせたり、お姫様抱っこのようにして、運んだりした。

しかし派手にやりすぎたことを、すぐに後悔した。眠そうな目でぼんやりテレビを見ていたはずの子たちが、目を輝かせ、列を作っていた。

「次は僕」「次は私」と。

もちろんやらないわけにはいかない。ひいきするのは、子どもたちから信用を失うきっかけの上位にランクされる。

女児はまだいいが、男児はそれなりに重い。そして女児に向けて不用意に「重い」を発すると、機嫌を損なうから要注意だ。

ひと回りだけでは満足しない。二回り目で目は回るし、こちらの気分が悪くなる。それでもまだまだとせがむ子どもたち。そのとき安田もんが、

「ぐるぐる先生、休ませてあげよ」

と、やさしい声をかけてくれた。

子どもたちは、面白いと思ったものはすぐに取り入れる。

次の瞬間から、僕は「ぐるぐる先生」と呼ばれていた。

自分でもその呼び名は気に入ったし、子どもたちから正式に自分の存在を認知されたような気がして、祝杯をあげたい気分だった。

唐木先生の耳にも届いていたのだろう、帰りの荷物を取りに事務室へ入ったとき、

「よかったですね、小野先生。いいニックネームをつけてもらって」

ニッコリと微笑《ほほえ》んでくれた。

「ありがとうございます。もんちゃんがつけてくれました。これでようやく、キッズクラブの一員になれました」

「ああ、それと、村井翼《むらいつばさ》くん、どうですか？」

唐木先生が、子どもの名前をあげる。

「翼くんって……」

「黒のパーカーを、いつも頭からかぶっている子です」

「ですよね。でも、どうですかって言われても、いつもホッシーに甘えていますし」

子どもたちには、すでにお気に入りの先生がいて、原則的にいつも同じ先生を呼ぶ。「鉛筆削って」「水筒にお茶入れて」「宿題教えて」「これコピーして」

もちろん手が空いていないときには、他の先生が仕事を分担する。

そういうわけで、あの子はホッシーしか呼ばないなと思うと、自分の守備範囲から自然と漏れてしまう。

「注意して見ていてあげて下さいね」

ただでさえ色白の唐木先生の顔色が、さらによくない。深刻な雰囲気すらある。

「僕が、ですか?」

確認のつもりで聞いた。

「はっ?」

「いや、翼くんはホッシーしか相手にしないみたいな感じですし」

「そういう考え方はやめて下さい。子どもたちはいろんなタイプの大人たちと関わって、成長すべきだと私は考えています。星野先生にも、翼くんとは少し距離を取るように言ってはあるのですが」

それでも子どもの方から懐いてくれれば、しょうがない。例えばホッシーの手が塞がっているとき僕がやろうとしても、「小野先生なら、もういい」と、背中を向けられることもある。

そんなときさらに深追いすれば、「うざい」「しつこい」「ストーカー」「きもい」と、散弾銃から放たれる弾を、まともにくらうことになる。「はいはい」とあしらいながら、正直これは、おじさんでもかなり傷つく。

「わかりました」

話を切るために、僕はそう口にして事務室を出た。このときもう少し具体的に話を聞いておけば、村井翼に違った対応ができたかもしれなかった。

室内にいるときにでも、パーカーを頭からかぶっている子にあまりいい印象は持たない。部屋では帽子をかぶらないこと、パーカーをかぶらないことは指導する。しかしその方が落ち着くとか、集中できるとか言われれば無理強いできない。

子どもたちは言葉にする以上に、難しい課題を心に抱えていることもあるのだ。実際に部屋の隅で膝を抱え、パーカーを頭からかぶったまま、近づくなオーラを発している子もいる。

翼は三年生で、気分の浮き沈みが激しい。その不安定さが、キリリとした表情をより際立たせてもいた。

男の子同士でバトル遊びをしていても、死ねとか殺すとか汚い言葉を浴びせたり、背後からの不意打ちがきっかけで、お互いのプライドをかけた本気の取っ組み合いが始まる。こうしたとき、力づくで止めるのが僕の仕事だ。

しかし今日の翼は穏やかで、まったく油断していた。いつものように、学校から帰ってきて、手洗いをして席に着く。

宿題の準備が終わるとローテーブルの下にランドセルを入れる。そしていつものように、

「宿題を教えて」とホッシーを呼んだ。

ホッシーは座って両手足を伸ばし、後ろから包み込むようにして抱く。その姿勢はどうなんだと思った。ちょっとこの子だけ特別感がありすぎないか。

唐木先生や他の職員はなにも言わない。すぐに宿題を始めるわけではなく、ホッシーは抱きしめるように翼の話を聞く。学校での出来事などを話しているのだろう。

とそのときだった。翼と並んで座っていた同級生の春日《かすが》もときが、「ぼくもやって」と、背中を向け、後ろ向きの姿勢で、ズルズル翼たちの方へすり寄った。

ホッシーの抱っこスタイルを羨《うらや》ましく思って、自分も抱っこしてほしかったのだろう。

ホッシーがどう対応するのか、興味を持って眺めていた。

次の瞬間、「えっ」と僕は叫んでいた。「くるな」と翼が怒鳴ったのと同時に、鋭い蹴りが近寄ってきたもときの頭を捉えた。ぐらんと頭を揺らすと、もときはそのまま床に倒れ込んだ。

まずい。僕の頭の中はまっ白になった。

「おい、大丈夫か」

駆け寄ると、もときは起き上がったが、そのまま号泣してしまった。ホッシーは慌てて翼を放り出し、もときの背中を手のひらでさする。

僕は見た。ホッシーの体が離れた瞬間、翼はこの世と決別するような悲しそうな顔をしていた。しかし翼は泣かない。むしろもときを睨《にら》みつけ、おまえは泣けるからまだいいよと言わんばかりに、醒《さ》めた目を向けていた。

ホッシーが蹴った理由を聞いても、唐木先生が問いただしても、「もときが、おれの陣地に入ってきたから」というのが、翼の答えだった。

時間が経って外遊びのとき、唐木先生が僕に言った。

「ぐるぐる先生。同じ男性として、翼くんの気持ちに寄り添うことって、できないですかね」

同じ女性として、いつも女児のもめごとに手を焼いているくせに、そんなむちゃな注文を押しつけてくる。

「こんなときに頼られても」

と笑顔で答えると、

「こんなときぐらいしか、頼ることがありませんから」

と笑顔で返された。唐木先生は今日も正直だ。

僕も村井翼のことが気にはなっている。しかしなんと言えばいいのだろう。父親だった経験もなく、教育者でもない僕が言えることなどたかが知れている。子どもたちからすれば、グミキャンディーほどの歯ごたえもないだろう。

ともかく金網のそばでぼんやりしている翼に近づく。

「蹴るのはいけないよ」

と、僕の口から出たのはその程度だ。

「なにそれ」

翼は薄く笑う。

自分でも間抜けだとは思うが、今更どうしてあんなことをしたのか彼に聞くのもへんだろう。

「だから、蹴るのは、殴るより、一・五倍の力がかかるから、ダメージが大きいし」

「殴るのはいいの？」

「まあ、いいかな。あ、でも女の子とか、お母さんは駄目だよ。あと首から上も駄目」

子どもの頃、大人の腹をめがけて、パンチを繰り出したときの心地よさは覚えている。

僕の父親は造船の仕事をしていたから、周りにいた大人たちも皆強靱《きょうじん》で腕っぷしが強かった。昭和四十年頃は、酔って喧嘩《けんか》して、血まみれになっている人も普通にいた。さらに情けないことだが、小学三年生になるまでに大人が放った言葉で覚えているのが「ちんこにタオルをかけられるようになったら一人前だ」と、そんな環境で育った。母親はもちろん嫌っていたし、そのせいでより多くの期待が僕にかけられたのだ。

そんな大人たちは遊びで腹を殴らせてくれた。よく言えば、子どもの持っている、もっと強くなりたいという成長エネルギーを、引き出していたのかもしれない。だからといって、自分の人生にプラスになったかどうかは不明だ。

「ぐるぐる先生、殴っていい？」

「まあ、いいけど」

翼は思いのほか真剣な顔つきで腹を殴ってきた。

パンチは体つきのわりに弱かった。特に根拠はないが、これでストレス発散になればいいなと思いながら翼のパンチを受けた。

しかしこのときの自分は愚かだったと思う。今の子どもたちの心に鬱積《うっせき》しているストレスや悩みは、そんな単純なものではなかった。

僕を殴っている翼を見て、慌ててホッシーが走ってきた。

「暴力は駄目って言ったでしょ」

「あ、これは暴力じゃなくて、パンチの練習」

僕がホッシーをなだめる。

「だからといって……」

ホッシーが戸惑うのも当然だ。僕だってどうすればいいのか本当はわかっていない。

「うぜぇ」と、翼が地面を蹴り上げた。砂が舞って、ホッシーの足にかかる。

あれほどホッシーに懐いていたのに、どこかで感情のズレが生じたみたいだ。

「うぜぇとか、言っちゃ駄目」

「じゃあ、嘘《うそ》つき」

「なにを言ってるの？」

「おれを心配してるって言ってたくせに。さっき、おれを放り捨てた」

「いつのこと」

「さっき。おれを捨てて、もときのところへ行った」

「あたりまえじゃない。翼くんに頭を蹴られたのよ」

「仕方ないよ。おれの陣地に入ってきたんだから」

翼はさっきと同じ説明を繰り返す。

わずかだけど、僕にもわかる気がした。

ホッシーに抱かれていた空間は、誰も犯すことのできない空間だったのだ。翼だけの陣地。かけがえのない場所。魂の聖地。ただ残念なことにそれを理解していたのは、翼ただ一人だけだったのだ。

ホッシーが困った顔のまま、はぁと溜息《ためいき》をつく。

「ここにはね、誰かの陣地なんてものはないのよ。みんなが仲良くしなきゃいけないの。それができない子は」

そこまで言って、ホッシーは言葉選びを間違えたと思ったのか、口を閉ざした。

「できなかったらどうなるの？」

「だから……みんなが困るでしょ」

「なにそれ？　やってられない」

子どもたちは、もう昔の子どもたちではない。ホッシーが言い繕った言葉を、翼は鼻先でふんと吹き飛ばし建物へ入っていった。

「なんか、独特な子ですね」

的確ではないが、他に表現する言葉を僕は思いつかなかった。

「私が甘かったのかもしれません」

ホッシーは表情をさらに曇らせる。

頭を蹴られたもときは、今のところ別状はなく、ドッジボールの仲間に入っている。もしなにかあれば、職員だって、ただではすまされない。

そして今日お迎えにきたとき、双方の保護者に説明しなければならない。

「僕もすみません。きのう唐木先生から、翼くんのこと、注意して見てあげて下さいって言われたんです。けど本当に見ているだけになってしまって。なんの役にも立てず」

「無理ですよ」

ホッシーはそっけなく言うと、諦観《ていかん》するしかないような苦々しい笑みを浮かべた。疲れた顔になる。いつも若々しさばかりが引き立っていたが、こういう顔もあるのだ。

「去年の暮れに離婚しまして」

「えっ、星野先生が？」

「いやいや、私じゃないです」

「なーんだ。思わずこれはチャンスだと思ってしまったじゃないっすか」

「はっ？」

すぐに後悔したが遅かった。

「すみません、軽率な人間で」

「はい。それは唐木先生から聞いていています」

あ、そうなのか。

「それより、翼くんです。両親が、昨年の暮れに離婚したんです」

「最近は多いですよね。すぐに別れちゃう」

「でも、翼くんの場合は、ちょっと違うんです」

「なにがですか？」

「子どもの前で喧嘩をしてはいけないと、離婚の気配を周囲にはまったく見せていなかったのです。そして、去年の暮れ、家族でハワイ旅行へ行ったのですが、それがまさかのお別れ旅行で」

「翼くんは、知らなかった……」

「そうです。翼くんは、はじめての海外旅行をとても楽しみにしていました。職員にも自慢していました。離婚するだなんて、私たちだって知りませんでしたから、他の子たちとも、羨ましいねって言い合っていました。けれど両親にとっては、最後の思い出作りのつもりだったのです。そして帰国後、両親は別々に暮らすことを、翼くんに告げました。家族三人でお正月を迎えることもありませんでした。想像できますか、彼の気持ちが」

「マジですか」

離婚は仕方なかったのかもしれないが、そんな恐ろしいことを……。理解を遙《はる》かに超える、胸くそ悪くなる話だ。誰か周囲に制止する人間はいなかったのか。なんでもかんでもイベント化しなければ、気がすまない夫婦だったのか。子どもがどれほど傷つくか、わからないのか。

「それって虐待ですよね。そりゃ、おかしくなりますよ」

楽しい思い出を胸いっぱいに詰め込んで日本へ帰ってきたら、じつはパパとママ、別れることにしたのって……。法律で罰せられるレベルの所業だ。

両親はそれはスッキリとしただろう。しかし、翼の心はどんな名医も縫合できないほど、ズタズタに切り裂かれたことだろう。

僕にでもわかる。

「私も両親が離婚して、子どもの頃は寂しい思いをしているので、つい翼くんに感情移入してしまって。彼を可愛《かわい》がりすぎたのかもしれません」

「星野先生のせいではありませんよ」

それにしても、子どもの見守りなら、気楽にできると簡単に考えていたのに、自分までもがこんなに息苦しい気持ちになるなんて思ってもみなかった。

自分にできることはなんなのだろうか。自分にできることはないのか。

それとも、あのときと同じで、なにもできないのだろうか……。


生活のすべてが、あの日の、美月のひと言で変わった。

金曜の夜だった。仕事から帰ってきた僕に、美月が言った。

『大地くん、悪いけど来週の月曜日、一緒に病院へ行ってくれるかな』

『えっ、どうして？』

『この前の検査の結果なんだけど……』

三か月前から美月は、ずっと風邪の症状が改善されず、大きな病院で検査をしてもらった。

『今日電話で聞いたんじゃなかったの？』

『やっぱり病院でってことになって、家族の人もきてほしいって』

『それは、いいけど』

それ以上はなにも聞けなかった。あのとき僕は胃の底の方に冷たい異物が押し込まれるような、不快感を感じていた。それはずっと、今もある。

病院では、びまん性大細胞型B細胞リンパ腫と告げられた。日本人では最も頻度が高いリンパ腫ですからとその言葉に少しだけ安心したが、すぐに意味のない安堵《あんど》だったと知る。

放射線治療も、古い影が消えればまた新しい影が現れる追いかけっこになった。

僕は医者からひそかに、難しいかもしれないと告げられていた。あとは本人にどう伝えるのか、あるいは伝えないかの選択になった。

美月は長びく治療にパニックになり、

『私、もう死んじゃうの？　大地くんの口から聞かせて』と、すがりついてきた。

あのとき僕は、美月に……。

やがて病魔は、リンパ節から胃や肝臓、脳へと浸潤《しんじゅん》した。

美月の最期を看取《みと》ったときの光景が頭に浮かぶ。美月がこと切れたとき、茫然《ぼうぜん》と喪失の沼へと沈んでいく自分がいた。なにもかもが信じられなかった。涙も出ない。

どんな言葉も温もりも、薬でさえ彼女を病魔から救い出せなかった。

自分にできることはなにもなかった。

あきらめという言葉の本当の意味と残酷さを、僕は生まれてはじめて知った。

僕は早く痛みから解放してあげてほしいと、彼女の死までをも願ったのだ。


夕刻、先にお迎えにきた翼のお母さんに、ことの成り行きをホッシーが説明した。

「できれば待っていただいて、翼くんから、もときくんの保護者の方に、謝っていただけないでしょうか」

お母さんはずっと腕組みをしたまま、靴を履こうとする息子の頭を見下ろしていた。

「どうしてそんなことをしたの」

聞かれても、翼は黙ったまま、黒い運動靴に足先を突っ込む。

答えを期待していたのでもなく、お母さんはすぐに顔を上げた。

「わかりました。車で待っています」

子どもより先に、さっさと出ていった。

細い背中を見送りながら、ん？　と思った。

「なにもなかったですよね。星野先生」

「なにがですか？」

「ご迷惑をおかけしました、とか。もときくんに、怪我《けが》はなかったですか、とか」

「そうですね。でもちゃんと会って謝ってくれれば、有り難い方です」

事務室に戻りながら、ホッシーは力なく微笑んだ。

「この前なんて、一樹《かずき》くんの眼鏡を壮太《そうた》くんが割っちゃって。割られた方の一樹くんのお母さんは、そういうこともありますって大らかに受け止めてくれたのですが。割った方の壮太くんのお母さんに、そんなことでいちいち謝罪とか弁償とか言われるのはいやだから、遊ぶときには、眼鏡をかけない対策を講じて下さいって言われちゃいました」

「割ったの、わざとじゃないんですよね」

「もちろんです」

「それ、オーナーは、なんと？」

「オーナーには言ってません」

「賢明ですね」

「そうですね。あはは」

ホッシーに笑顔が戻ったのも束《つか》の間、すぐに難題が発生した。

春日もときは、今日は父親が迎えにきた。唐木先生から話を聞くと、息子にすぐ体の状態を尋ねた。

ホッシーはそのあいだに、翼と母親を呼びに走った。

もときの様子が落ち着いているので、このまま翼が謝れば無事に収まるかとも思えた。ところが翼が謝ろうとしない。もときの父親の前で、緊張しているのだろうか。

「どうしたの、翼、謝りなさい。一方的にあなたが悪いのだから」

「無理」

このとき翼は、誰とも目を合わさなかった。二度三度促してみるが、無言のまま固く心を閉ざす。ホッシーも困り果てたとき、翼の母親が頭を下げ、なんとかこの場を収拾しようとした。

「家でよく言って聞かせますので、今日のところは。すいませんでした」

それでもいいかと僕も思った。ところが、とたんにさっきまで温厚だったもときのお父さんが、ガラリと態度を変えた。

「私はそういうのは嫌いです。お母さんが謝ることではないでしょ。三年生とはいえ、ちゃんと翼くんが謝らないと意味がないですよね。家でどう言い聞かせるつもりですか。家でできるのなら、ここで言って聞かせられますよね。ちゃんと謝らないと、翼くんのためにもならないでしょう」

バリトンの強い声がよく響いた。

「すみません。他の子たちも見ていますので」

ホッシーが申し訳なさそうに言う。残っている子どもたちがみんな、珍しがって玄関へ詰めてきた。

母親たちがそちらに気を取られた隙に、翼が外へ駆け出した。お母さんもすぐに追いかけたが、そのまま車に乗り込んでしまった。

「なんですか、あの親子」

もときの父親があきれて言う。

「もときくんが、泣いてる」

もんの声がした。見ると、もときが静かに泣いていた。

「どうしておまえが泣くんだ」

「仲良しだったんです。翼くんともときくん」

ホッシーの説明に、

「じゃあ、余計に謝るべきでしょう。もとき、謝ってくれるまで、あの子と喋《しゃべ》っちゃ駄目だぞ。ここでも、学校でもな！」

お父さんが憤る。もしかしたらもときは、翼から家庭の事情を聞いているのかもしれない。僕たちが推し量ることのできない場所で、翼の悲しみを感じているのだ。そしてお父さんが言っていることが正しいからこそ、やりきれない気持ちになるのだろう。

もちろん「やりきれない」という言葉は、もときの辞書にはまだないから、涙に変換するしかない。

翼の両親の離婚は、翼から笑顔を奪っただけでなく、もときから友だちをも奪おうとしている。それを両親は知らない。

それから一週間もしないうちに、翼はまた暴力事件を起こした。

一年生女児の顔を叩《たた》いたのだ。その瞬間を僕は見たわけではなかったが、女児の顔に爪が当たったのだろう、目の下に傷がついて血が出ていた。おれを見て笑った、というのが翼の理由だった。女児の保護者は当然抗議をしてきた。もう謝るとか謝らないとかの問題ではなかった。

「そんな子どもはやめさせろ」の一辺倒だ。

それでも翼に謝るように言ってはみたものの、前回と同じように、まったく応じなかった。

そのせいで、僕がここにきてから早くも二度目の臨時ミーティングに臨むことになった。

いつもより二時間も早くきて、「これってタイムカードを押していいですか？」と聞くと、オーナーは、「押してもいいけど、つかないと思いますよ」と、朗らかに答えた。

前回と同じようにローテーブルを四台並べ、六人が囲んで座った。

ただし前回よりも遙かに重い空気が漂う。

場の雰囲気というのは不思議だ。誰がそう仕向けているわけでもないのに、ひしひしと伝わってくる。などと呑気《のんき》なことを考えているのは僕だけで、どの職員の顔も大切な人を亡くしたときの通夜の席のように沈み込んでいた。オーナーがジャケットの内ポケットから手帳を出して、皆が姿勢を正す。

「そういうわけで」と、唐木先生が曖昧な言葉で始めた。

「もう限界と見てよろしいですかね」

「限界とは、どういう意味ですか？」

やざわっちが確認を求めると、唐木先生の語気が強くなった。

「村井翼くんには、キッズクラブをやめてもらうしかないってことです」

「うーん、なんとかならないかなぁ」

オーナーが頭を掻《か》きながら言った。

収益の問題もあるし、あの学童は荒れていると、おかしな噂《うわさ》が流れてもよくない。やめさせるのはオーナーにとっていい話ではない。できれば当事者同士穏便にカタをつけたい。誰かがやめれば、保護者が噂を立てはじめるのは必至だ。

しかし二月になって二件目の暴力事件である。次はもっとひどいことになるかもしれない。

「このままやめさせるのは、翼くんにとってよくないと思うのですが」

ホッシーは翼を庇《かば》う。一年生から彼のことを見てきたのだろう。そのつらい気持ちは僕にもわかる。そして両親が離婚するまでは明るく活発な少年だったと聞く。

「じゃあ、なにかあったとき、どうするのですか？　私たち職員の、学童指導員としての能力が問われることになりますが。それでもいいですか。しかもこの二月から小野先生がきてくれての、この状況です。たとえは悪いですが、介護施設で老人が一人亡くなっても、大したニュースにはなりません。しかし、こうした施設で子どもが一人事故に遭ったり、ましてや亡くなるようなことがあれば、全国ニュースです。ネットの餌食《えじき》になります。施設の存続の危機です。他の児童の安全が保証できない限り、やめてもらうしかないでしょ。少なくとも私には責任が持てません」

唐木先生が苦しげに息を吐く。責任という言葉が、彼女の心に重くのしかかっている。テーブルに置いた両手はこぶしを作り、なにかと闘っているようだ。こぶしの中にあるのは翼への同情だろうか。

「急にここをやめさせられて、翼くんはどうするのですか」

よく眠れていないのか、ホッシーは目が赤かった。

「そこまでは、私にもわかりません。私から言えるのは、ここに置いておくのは、もう無理でしょうということだけです。もちろんなにかアイデアがあれば伺いますが」

「そうだ……」

「なんですか。小野先生」

「あ、でもあんまり……。思いつきみたいなものですから」

「いいですよ。おっしゃって下さい」

「じゃあ、あの、昔あったじゃないですか。僕らが子どもの頃、木にタイヤをくくりつけて。イライラしたときとかバットを叩きつけて。そうしてストレス発散させれば……。オーナーはご存知ですよね。同世代ですから」

「知っていますが、本当に思いつきですね」

オーナーはあきれて、視線も合わせてくれない。

「昔って、いつですか?」

フォローのつもりか、葉子先生が聞く。

「五十年くらい前。どこの広場にもありましたよ」

「次はバットを持って暴れるかもしれませんね。ガラスを割られたら、小野先生が弁償してくれますか？」

　オーナーが冷たい冗談を放つ。黙った方が賢明だ。

「しかし、ここを強引にやめさせたら、今度はここを恨むことだって考えられますよね。しかも成人してからかもわかりません。いよいよ人生に行き詰まったとき、思い返せばあそこでおれの人生がくるわされたんだってね。どこかでありましたよね。スクールバスを襲撃した事件」

「脅《おど》す気ですか。矢沢先生」

　唐木先生の声が尖《とが》った。

「いや、総合的にどう判断するのが、彼にとっても施設にとってもよいのか、考えているのです。翼くんはすでに両親の愛情から放り出された存在なんです。虐待を受けている状態だと言ってもいいです。唯一ここだけが、彼の安全基地だったのに」

「問題があれば、県の心の医療センターに相談すればいいでしょう」

「あそこは一か月で、年間予約が埋まりました」

「じゃあ、スクールカウンセラーは」

「スクールカウンセラーは、機能しません」

「どうして矢沢先生に、そんなことが言えるのですか」

　唐木先生の経験と矢沢先生の理論が、「責任」という言葉をはさんで対立する。

「翼くんに必要なのは、両親に振り回されることなく、自分の気持ちを、受け止めてもらうことです。ただやさしく話を聞いてくれる人じゃありません。家庭での愛着が安定していれば、それも問題はありませんが、翼くんのように、愛着の問題が深刻であれば、カウンセリングや感情や行動を少しでもポジティブに変えていこうとする認知行動療法が機能しなくなります。まず彼に必要なのは、のびのびと振る舞える、安全基地なのです」

「はあ、これも愛着障害ですか。しかし矢沢先生、あの子がのびのびと振る舞った結果がこれなんですよ。そしてその結果に誰も責任が持てないということです。翼くんの安全のために、他の児童の安全が損なわれていることが問題なんです」

「ですから危険を回避しながら、施設全体で彼を支えていかないと」

矢沢先生の声に、苛立《いらだ》ちの色が濃く滲《にじ》む。

「お二人とも、ちょっと待って下さい」

オーナーが、心配顔で話を遮った。

「まずは、唐木先生。いいですか、この施設のオーナーは私です。全責任は私が取りますから、そんなにご自分を追いつめないで下さい」

「でも、私は……」

「もう自分を、許してあげたらどうですか。そうしないといざというときに、正確な判断ができなくなりますよ」

「それは、そうですが……」

「そして矢沢先生。あなたのお話を聞いていると、どこか違う施設の話を聞いている気分になりますね。それに、愛着障害を問題とするのなら、それは家庭の問題ですよね。それこそ私たちがそこまで踏み込むことはできないし、するべきではありません。家庭裁判所の調停員に任せましょう」

オーナーが離婚の話を暗に仄《ほの》めかす。

「私は家庭の中にまで入って行くなんて言ってません。彼には安心できる場所が必要だと言ってるんです」

「するとやはり、他の子が安心できない。子どもの命を預かる以上危険を減らすことが第一ですよね。違いますか？」

オーナーは耳を掻きながら一瞬しかめっ面になる。そして矢沢先生が黙ると、手帳を広げることなくポケットにしまった。自分の中で結論が出ると、もう迷わない人なのだろう。僕が面接を受けたときも、オーナーの中ですぐに採用は確定していたのだ。だからどうでもいいようなニワトリの話に食いついてくれたのだろう。

「そうだ、もし唐木先生から話しづらいのでしたら、私が話します」

「いえ、自分が責任を持ってやります」

唐木先生は、ここでも「責任」という言葉を使った。

「それでは、あとはよろしく」

オーナーが席を立ったとたん、ホッシーは肩を落とし涙をこぼした。

やざわっちも心が涸《か》れたように、視線を手もとに落としたままだ。

葉子先生が心配そうに、ホッシーの背中をさすった。

僕は再び無力さを感じていた。

美月がいなくなったときに感じたあの無力さ。生きる力が、目の奥の方から消滅するような無力さ。生きることは、無力さとの闘いなのかもしれない。

翼は暴力を振るったとはいえ、楽しそうにしていた時間もたくさんあった。去年までは本当に明るく活発な児童だったという。そんなまだ三年生の、少年と呼ぶにもまだ幼い子に、こんな残酷な審判しか下せない社会って、なんなのだろうか。

明日からはもう、キッズクラブで過ごす時間は取り上げられ、たった一人、部屋で時間を持て余すことになる。ゲーム漬けの日々が待っている。状況はより悪化する気がしてならない。

一人で留守番をさせるために、スマホを買い与える親もいる。今ここにいる子どもたちも、四年生にもなればSNSで連絡を取り合う。

翼がうまく誰かとつながればいいのだが。

「今日はお話ししたいことがありますので、時間に余裕を持って、お迎えにきて下さい。明日から、翼くんをお預かりすることが、難しくなりました」

スマホの画面をタップする唐木先生の指を見ながら、こんなに細い指だったかと思う。

SNSで翼の母親に状況を知らせると、唐木先生はホッシーを呼んだ。

「翼くんのお見送りをするとき、絶対に泣いたり取り乱したりしないで下さいね。自信がなかったら、今日は帰ってもらっていいです」

「大丈夫です」

そう言って、ホッシーは大きく深呼吸をした。ではよろしくと、唐木先生はいつもの冷静さを取り戻し、笑みさえ浮かべた。それにしても、さっきのオーナーの言葉はなんだったのだろう。唐木先生に向けて、もう自分を許してあげたらどうですかとは、どういう意味なのか？〈キッズクラブ・ただいま〉とボディーにペイントされた車から、友だちと騒ぎながら、翼がいつものように降りてくる。

もときともすっかり仲直りしている様子で、ますます残酷な処分ではなかったのかと僕の気持ちも揺れた。

「はい、翼くんお帰り。ランドセルを置いて、手を洗って」

「ぐるぐる先生、今日算数で百点取った。あとで見せてあげる」

「おおっ、すげー！」

翼が軽く腹にパンチを決めて行く。

「ぐるぐる先生、宿題見て」

百点のテストを翼から見せてもらっていると、安田もんが僕を呼んだ。自分がつけたニックネームだけあって、毎日指名してくれる。

翼のことはホッシーに任せることにした。僕ですら胸が苦しいのに、ホッシーのことを思うと、なおさらつらくなる。

もんは、すぐには宿題を始めない。みんなそうだが、まずはお喋りから。これが学童クラブのいいところだ。

「今度の日曜日、家族でどこへ行くと思う」

「わからないよ、そんなの」

「じゃあ、クイズ。一番・水族館。えーっと、二番は……」

考えてるその時点でバレてるし。

「えっと、二番は映画」

「映画って、もんちゃん、なんの映画？」

と、わざと聞いてみる。

「えっ？」

「え、じゃないよ。なんの映画を見に行くのか教えて？」

「ぐるぐる先生の、意地悪。ねえ、かきねちゃん、ぐるぐる先生って、意地悪だよ」

「知ってたよ」

と、次の瞬間、「バン！」と誰かが机を叩きつけた。

「うるせえ！」

翼だ。表情が豹変《ひょうへん》していた。暴走しないように、ホッシーが腕を絡ませる。

「ごめんごめん」

僕は笑顔を向けた。

「ほら、おにいちゃんが、うるさいって」

なんとか、冗談ぽく持って行きたい。もんも怯《おび》えている。

「あー、もう無理」

翼は頭からすっぽりと黒のパーカーのフードをかぶり、膝を抱え動かなくなってしまった。

テストを見たあと、あっさりともんの方へ移動したのがいけなかったか。わからないが、翼はぎりぎりのところで自分を抑えているような気がした。ドクドクと、血の煮えたぎるような音が、薄い胸から聞こえてきそうだ。彼はどうにもならないなにかと闘っているのだ。

ホッシーに任せておいては危険かと思い、翼の隣に腰を下ろした。

「しんどいのか」

背中をさすってあげようと手を置いて驚いた。体の筋肉がコチコチにこわばっている。この緊張はどこからくるのだろうか。

「先生、おれ、もう無理。なんか、へん」

小学三年生の子が耐えているのに、大人はなにもしてあげられない。

大丈夫だよって言ってもいいのか。他に言葉がほしいけど思いつかない。翼にしても、これ以上、自分で自分の気持ちをどう表現していいのかわからないのだろう。

「ごめん。なんにもできなくて」

気がつけば、そう言っていた。

大人として恥ずかしかった。

「いいよ。あたりまえだよ」

意外にも翼からは、そんな答えが返ってきた。

三年生の子に救われた。

そんなことが、あたりまえで、いいはずがない。

「やっぱり、ごめん……」

僕の方が泣きそうになっていた。

翼の母親は、いつもより一時間以上早く、五時過ぎにお迎えにやってきた。もちろんすぐに帰るわけではなく、老人介護施設にある応接室で、唐木先生と話し合いを行うのだ。もう結論は出ているけれど。

葉子先生がなにを勘違いしたのか、「翼くんお迎え」と呼びにきてしまった。

「はやっ！」と、翼がロッカーに向かった。

「なんで早いの？　なにかあったっけ？」

いぶかしがる翼に、葉子先生は慌てて伝える。

「まだ遊んでて。唐木先生と少し話をしているから」

状況をごまかすつもりが、翼に悟られてしまった。

「ああ、そういうこと」

感情のない声を放つと、翼は男子三人の中に入って、ブロック遊びを続けた。

赤・緑・青・黒・黄。ブロックを組み立て、めいめいカラフルな物体を作る。

女児だと、部屋を作って、ままごと遊びを始めることが多い。友だちを招待したりして、女子会の練習を見ているようだ。エステやネイルなどの言葉も飛び交う。

しかし翼たち男児は、もっぱら武器を作る。ライフル銃や戦車。ミサイルや戦闘機作りに熱が入る。そして戦闘が始まる。まるで戦うことが宿命であるかのように。そのくせ戦いは悲しいほど単純だ。

「ダダダーン」「ズドーン」「ガガーン」

擬音しかないのかと、笑ってしまう。

ビューンと発射されたミサイルが、ドカーンと翼の戦闘機に体当たりする。戦闘機は宙に舞い、地面に叩きつけられ、バラバラに壊れた。

床の上で無残に散らばった戦闘機を翼がじっと見る。それは翼そのものだった。

話し合いは、特にもめることもなく終了したようだ。

二十分後、キッズクラブに唐木先生と戻った翼の母親は、どちらかと言えば、スッキリとした顔だった。あきらめなのかもしれない。

「翼くん、帰るよ」

ホッシーが迎えに行く。シルバーのランドセルと大きな黒の水筒を携え、翼は囚人のような重い足どりで歩いた。ホッシーがそっと背中を押してやる。彼女にしても僕と同じ気持ちなのだろう。なにもしてあげられなくてごめん、と。

もときが慌てて、玄関へ走ってきた。

手に、スズメバチのフィギュアを握っていた。

「これ、あげる」

持っている昆虫フィギュアの中で、いちばんのお気に入りだ。体のどこかを押すとお尻から針が出てくる。僕もほしいと思ったくらい美しく精巧な作りだ。

「いいの？」

「うん」

もときが、翼の手のひらに押し込むように渡した。

母親はもう、玄関の外に出て車へ向かっていた。

「いいんですか？」

葉子先生が小声で唐木先生に確かめる。あとになって、うちの子がフィギュアを取られたと騒動にならないか心配なのだろう。そもそも、物をあげたり交換したりすることは、ここでは禁止されている。

唐木先生は答えなかった。

「こんなときに、ルールなんか、どうでもいいですよ」

僕は代わりに答えた。きっと、唐木先生は、そう言いたかったに違いない。

「あ、ぐるぐる先生」

翼はスズメバチを受け取ると言った。

「もう一回、パンチいい？」

「ああ、いいよ」

左手にスズメバチを持ち、右手でこぶしを作り、僕の腹に叩き込んだ。

「どう、痛い？」

「ぜんぜん」

「チェッ」

「もっと強くなれよ。体も、心も」

僕はそう言って笑ってみせた。

「ふん」と、さよならも言わず、翼は車へ歩いた。

気がつくと僕もホッシーも唐木先生も、玄関の外に出て翼を見送っていた。

見送るしかなかった。

暗くなった空から、白いものが舞って、足もとに涙のような跡を残した。

老人介護施設の玄関にオーナーが腕組みをして立つ。寒いのにジャケットも羽織っていない。じっと赤く光る車のテールランプが、大きな通りに吸い込まれるまでずっと見つめていた。

「オーナーも苦しいんですよ。子どもが大好きだから」

そして唐木先生はもう一度、噛《か》みしめるように言った。

「みんな苦しいんです」

振り返ると、子どもたちの安全基地の明かりがカーテンの隙間から漏れて、命のありかを知らせていた。

二月の冷たい夜気の中では、その明かりはとても弱々しく、建物までもがふるえて見えた。

☽

「美月を見送ったときも、そうだった。なんにもできなくて、ただ茫然としてた。やっぱり僕には、無理だよ。子どもたちを導くどころか、苦しみを軽くしてあげることすらできない。なにもできないくせに、できるような顔をして。そんな自分がいやになる。情けなくなる」

(やめて、大地くん。自分を悪く言うのは)

「美月のことだって、守れなかった」

(その通りだよ。大地くんは、私を守れなかった。でもさ、それは仕方ないよ。泣いても、わめいても、のたうち回っても、変えられないものってある。とてもつらいよね。残る命も消える命もとてもつらい。でもさ、どんなにつらくても、残った命は使わなきゃいけないんだよ。それを使命っていうんだよ）

「僕にも使命があるのかな」

（あると思う。誰かとつながって、ときには誰かにすがりついて、前に進めばいいんだよ。今の仕事だって、すごい仕事なんだよ。きっと、神さまにもできない仕事だよ。それを頑張ってるんだよ。それだけでも、私は嬉《うれ》しい）

「本当に？」

（うん。大地くんは、いつも自分を責めるけど、私が寝たきりになったとき、大地くんの姿がそこにあるだけで、私は幸せだった。一緒に歩いてくれてるって思えた）

「ありがとう。頑張るよ」

（大地くんがいてくれて、子どもたちも、きっと喜んでるよ。翼くんも。大地くんにしかできないことが、そこにはきっとあるはず）

「わかった。僕は僕にできることをする」

（もっと自分を出したらいいと思うけどね）

「軽率なところかな？」

（あはは。わかってるんだ）

6　行く人・くる人

三月になるとある日突然、空気の色が変わる。花も、梅の花から桃の花、そして桜へと、華やいだ風を身にまとう。

鬼ごっこをする子どもたちの影ですら、光をたたえて立派になる。その手からはいつのまにか、黒やピンクの手袋が消えていた。

進級を控え、子どもたちにも自覚が芽生えてきたのではないかと、期待も込めて思う。

「次、どうするの?」

そうした会話も、子どもたちのあいだで増える。〝次〟というのは、新年度になっても、キッズクラブへくるのかという意味だ。

子どもたちにとって、仲良く遊んでいた友だちがくるかこないかは大問題だ。

外遊びの時間だった。牧村《まきむら》みさきがぽつんと一人、遠巻きに、同じ一年生のグループを眺めていた。ショートカットで理知的な眼差《まなざ》しはいつもと変わらないが、どこか寂しげだ。

いつもならみさきは、杉本《すぎもと》みなみと二人で縄跳びをしたり、ミニハードルを跳んだりしている。

ところが今日、みなみが遊んでいる女児のグループは、同じ一年生だが、みなみたちより、よく言えば遊び方が活発で、悪く言えば乱暴な三人組だ。性格も着ているものもふわりとしているみなみが彼女たちについていけるのだろうか。そして理由は不明だが、僕にはみさきが一人はぶかれているように見えた。

彼女たちは鬼ごっこも男子や二、三年生と一緒になってやる。そのくせすぐトラブルになる。タッチの仕方が強すぎるとか、待ってと言ったのに、待ってくれなかったとかで、泣いたり、怒ったり、すねたりする。

今はそのまとめ役の桃香《ももか》が、みなみを引っぱって、小さなお家《うち》の中で、なにやらごっこ遊びをしている。紫色の屋根に黄色い壁。青色の窓に赤い玄関とけばけばしい。

みさきはその四人をさっきからチラチラ眺めるばかりで、近づこうとはしない。みさきとみなみが喧嘩《けんか》でもして、桃香のグループに入ったのか。男児よりも女児の方が、自分を引っぱってくれる子を求める傾向が強い。

かといって、二対三ならともかく、一対四になってしまうのはまずい。

ホッシーは向こうで、ドッジボールをしている。ちょっと聞いてみよう。小走りで近づくと、「ぐるぐる先生も入るの？」と、子どもたちから声がかかる。

「いや、ちょっと、ぎょーむれんらく」と、ホッシーをコートの外に呼び出し、声をかける。

「みさきちゃん、一人なんですけど、なにかありましたか？」

「さあ、別に」

ホッシーは、特に気にかける素振りも見せない。

「声をかけた方が、いいですかね」

「別に、いいんじゃないですか。かけなくても」

あっさりと答えて、ホッシーはコートに戻った。

「入らないんだったら、ぐるぐる先生、じゃま」

僕を追い払おうと、子どもたちの声が飛んだ。

日頃《ひごろ》、唐木先生は、一人でぽつんとしている子がいたら、声かけをお願いしますと、話しているではないか。

あとで「なぜ話しかけてあげなかったのですか？」と、小言をもらうのもいやだから、話しかけてみることにした。

「どうしたの、みさきちゃん？」

「えっ？　なにが？」

「今日は、一人がいいの？」

みさきはどちらかと言えば、クールな感じの女児だ。一年生ながらにして、目もとによく言う涼しげな雰囲気を漂わせ、口もとは薄く微笑《ほほえ》んでいる。そのせいで、宿題も、できているのか困っているのか、表情を見ているだけではわからないことがある。

その目で、チラッと僕を見るが返事はない。

のけ者にされてるの？　とは聞けず、

「仲間に入らないの？」と努めて明るく振る舞うが、

「ほっといて」と冷たい。

「なにかできること、ある？」

「関係ないから、あっちへ行って」

思い切り面倒臭がられているのが伝わる。残念だがこういうときには、さっさと退散するのが賢明だ。

三十分ほどすると、唐木先生が「交代しましょう」と外に出てきた。

僕はそっと視線をみさきに向けた。唐木先生に聞くべきか、一瞬迷ってやめた。あまり聞いてばかりいるのも情けない。就活のためとはいえ、子どもが好きだからここで働きたいと面接に臨んだくせに、子どもの心がまったくわからないと暴露するみたいで恥ずかしい。

室内では、おりがみをしたり、ままごと遊びをしたり、カードゲームをしていた。まだ宿題が終わっていない子も数人いる。

「ぐるぐる先生、入って」

立川明里《たちかわあかり》から声がかかった。

料理の材料を集めるカードゲームだ。わかりやすく、学年関係なく遊べる。明里は三年生。一年生の面倒をよく見てくれている。大柄なせいもあって、一年生はすぐ抱きつきに行く。

「そうだ。外でみさきちゃんが一人でいたけど、一緒に入れてあげたら？　呼んでこようか」

「呼ばなくていい」

明里が即答した。いつもしっかりとした物言いで、宿題をサボっている子を注意したりもする。僕も男児相手にくだらない冗談を言っているとき、「うるさい。子どもと一緒にふざけるな」と、明里に叱《しか》られた。

「どうして呼ばなくていいの？」

「見守っているんだから」

「なにを？　えっ、誰を？」

明里の言っている意味が、よくわからなかった。

「あったま、悪いね」

明里は、入団一年目の投手のように、ストレートで押してくる。なめられているような気もする。職員がこれを言えば、暴言だ。

「はいはい。頭が悪くて、すみませんね。どういうことか、教えてくれますか」

明里は、勝ちほこった笑顔になる。この笑顔があるから、なにを言われても許せる。

「みさきちゃんは、来週で、キッズクラブへはもうこなくなるの。そうすると、みなみちゃんが、一人になるでしょ。かわいそうだから、桃香ちゃんたちのグループに入って、一緒に遊ぶ練習をしているの。みさきちゃんは、うまくいくか見守ってるの」

「遊ぶ練習！　えっ、マジ？」

と、思わず叫んでしまった。

「それって、唐木先生に頼まれたの？」

「ちがう。自分たちで考えてやってる」

そんなすごいことが、秘密裏に行われていたのか。さっき、今日は、一人がいいの？　なんて声をかけた自分は、なんて間抜けなんだ。

明里の隣にいた羽田佐絵《はねださえ》が、

「友だちなら、あたりまえ」

と、サラリと言った。胸にグッときた。

「友だちなら、あたりまえか。いい言葉だね」

僕が感動して言っているのに、女児たちはきょとんとしている。

五時になり、外遊びの時間が終わると、みさきとみなみは、仲良くぬり絵に取りかかる。

そして今日も、ぐるぐるが始まる。

「ちゃんと並んで。一人二回だよ」

ぐるぐる先生と名前をつけた安田もんが、これは私の仕事とばかりに張り切って仕切る。

八人ほどが列を作る。安全なスペースを、子どもたちが率先して確保する。

ぐるぐるぐるぐるぐる、ぐるぐるぐるぐる、ぐるぐるぐるぐる、ぐるぐるぐるぐる。

「もう、これくらいでいいだろう」

こっちが悲鳴をあげても、放してくれない。一人二回ではすまない。とはいっても、危険と背中合わせなわけで、ぐるぐる回しているうちに手が滑ったとか、絶対に許されない。僕も目が回ってくるし、精神的にも緊張する。

限界を感じる前に、「休ませてくれー」と、追いかけてくる子どもたちを振り払い事務室へ逃げ込む。しかし事務室のドアは開けっぱなしだ。子どもたちは僕がそっと高学年の部屋へ逃げないか、張りついて見張る。

「ぐるぐる先生、早く」

「もう休憩終わり」

子どもたちがせき立てる。

「小野先生。こういうときは、規則性を教えるチャンスですからね」

パソコンの前に座った唐木先生が言う。

「規則性？」

「ほら、あと一回だけとか。おやつも、おかわりは一回だけとか。外遊びは、五時までとか」

「なるほど、浮気は二回までとか。ははっ」

「……」

ギロリと唐木先生が睨《にら》むが、遅かった。

「先生、浮気ってなに？」

ドアに張りついていた一年生が、好奇の目を向ける。大事な言葉は覚えなくても、こういう言葉は、本能的な嗅覚が働いてすぐに覚える。

「不倫のことだよね？」

二年生女児が豊富な知識をひけらかす。

「えー、なにそれ？」

まったくわかっていない一年生女児が、目を輝かせる。

「小野先生、なんでもかんでも軽率に口にしないで下さい」

これくらいいいじゃないですか、と言いたいところを、「はい、ごめんなさい」と謝った。

もちろん僕に向けられている子どもたちの目を意識してのこと。日頃謝ることの大切さを教えているのだから。大人なら、あたりまえだ。

「小野先生、今は……」

「わかっています。今は令和です。だからこそみんなに、昭和の風俗、文化のお父さん、小沢《おざわ》昭一《しょういち》的こころを教えてあげたいですよ」

「そんな人、この子たちのお母さんも知りませんよ」

「唐木先生はご存じなんですね。よかった」

少しでも昭和を理解してもらえて嬉《うれ》しい。とはいえ、子どもたちのお父さんやお母さんたちは、みんな平成の時代に思春期を過ごしてきたのだ。

たまに子どもの方から、「先生、これ知ってる？」と、話しかけてくる。

この前も、「ぐるぐる先生、『神田川《かんだがわ》』って歌える？」と聞かれ、三年生の男児と一緒に歌った。おじいちゃんに教えてもらったそうだが、すぐに「気持ち悪いから、やめて」と、一年生の女児からクレームをもらった。ちょっとへこんだが、「女には、わからないよな。ぐるぐる先生」と、彼のひと言に慰められ、おまえはいいやつだと、おやつにビスケット四枚のところ、こっそり六枚あげた。罪悪感も少しはあったが、美月も自分を出せばいいと言っていたではないか。

「小野先生の仕事場は、事務室ではありませんよ」

唐木先生にせかされ、もうひと口水筒からお茶を飲んで、ぐるぐるを再開した。

「もうあと一回ずつだからな」

そう宣言すると、意外とみんな素直に従ってくれた。

さあ、あともう一人で終わり、と思ったら、五年生の男子が一人、後ろに並んだ。五年生なのになんで？　と思ってしまった。白戸創《しらとはじめ》だ。

「僕もいい？」

「いや、いいけど」

いいけど、デカい。僕よりは体は小さいけれど、後ろから抱きかかえて、ぐるぐる回せるだろうか。いや、やっぱり無理だろう。回せたとしても腰を痛めないか心配だ。

「あと一人待ってね」

「うん」

一年生が終わったあと、一応、創を後ろから抱えてみた。しかし、ぐるぐるは無理だ。創にもわかったようだ。しかし、なぜかこのまま終わらせてくれない。

「じゃあ、おんぶならいい？」

「いいよ」

しかし、どうしてだろう。なんか不思議だ。五年生でもおんぶをしてほしいのだろうか。

背を向けると、ずしりと体重が背中にかかる。一年生の足なら太股《ふともも》でも手のひらに収まるが、創の足はしっかりと意識して支えないと、落としてしまう、というか、重すぎてずり落ちてしまう。

それに背中全体に彼の体温が覆いかぶさるため、なにか危うい生き物に取り憑《つ》かれたような、おかしな感覚に襲われた。

「あっちまで走って」

創は嬉《うれ》しそうだ。

「走れってか！」

「うん」

せっかくのリクエストだ。全力疾走は無理だが、よたよた走る。

「わーい」と創が背中で、一年生のような歓声をあげた。

創は今、幼い頃の自分に戻っているのかな。

僕の父がアルツハイマーになったとき、いろんな年代を行ったりきたりしていたのを思い出した。もちろん創とはまた違って、幻覚や妄想の域ではあったのだろうが。それでも、バリバリ仕事をしている若い頃に戻ったり、もう亡くなった友だちと会った話を聞くと、羨ましかったりもした。

創も、もう一度戻りたい頃があって、その頃の自分に戻っているのかも。やり残したことがあるのかなと、そんな気がした。

「あら、珍しい。よかったね創くん」

葉子先生がおりがみの手を止め、声をかけると、僕の背中で小さく「うん」と頷《うなず》く声がした。


子どもたち全員にお迎えがきて、僕もタイムカードを押した。

星野先生は保育園に子どもを預けてあるので、五時半には帰ってしまう。

葉子先生は六時だ。最後の戸締まりは、唐木先生と矢沢先生が交代でする。

「ああ、小野先生」

唐木先生に呼び止められた。

「はい。なんでしょうか？」

「子どもたちに、ぐるぐるとか、おんぶとかをするのはいいですけど、気をつけて下さいね」

「気をつけるとは？　密着しすぎとか？」

「そうではありません。スキンシップは必要ですが、子どもたちにとって、楽しいのと怖いのとは、紙一重なので、恐怖心を与えないように。ぐるぐるしているときも、もっともっとって、子どもは言うかもしれませんが、小野先生の場合……」

あとの言葉は濁したが、唐木先生の言いたいことは理解できた。

調子に乗るな、ということだ。

「でも、今日の創くんは、嬉しそうでしたよね」

やざわっちが、軽やかにフォローをしてくれる。

「あの子をおんぶできるのは、さすがにぐるぐる先生しかいませんよね。あの子にしても、今更私たちに、おんぶだなんて言えないし」

「そうね。下の子たちがぐるぐるしてもらってるのを、ずっと羨ましそうに見ていましたから」

「そうなんだ。気がつかなかった。もしかして、創くんって、お父さんがいないとか？」

五年生の男子から、おんぶのリクエストは、予想していなかったので、もしかしたらそういう事情があるのかと聞いてみた。

「いいえ、ご両親ともいらっしゃいます。ただ創くんのお兄さんに知的障害があって、そちらにかかりっきりだから、寂しいんじゃないですか」

唐木先生が教えてくれた。まったく気がついていなかった。

「そういえば、近頃の親は、肌の触れ合いとかも少なそうですね。お迎えのときも、保護者の方を見ていて思います」

それは、子どもにもいえる。低学年でも、「わーい」と飛びついて行くのは稀《まれ》で、あまり帰りたくなさそうな気配もする。もっとも保護者が片手にスマホを握りしめていたりするから、飛びつこうという気も起こらないのかもしれない。さらには、母親に飛びつくよりも先に、お母さんが手に持っているスマホに飛びつく子どももいて、不思議な気がする。

「そういえばこの前、真奈《まな》ちゃんなんて、迎えにきたお母さんに、いきなり、ママ怒ってるって聞いてましたね。あのお母さん、いつも不機嫌そうな顔をしてるけど、どうしてですかね」

「みなさん精一杯働いて、疲れてるんですよ。迎えにきたあとも、スーパーへ寄って買い物をして、家に帰って夕飯の支度ですからね。そういうお母さんたちのための学童ですから。小野先生が思い描いているよりもっと、お母さんたちは大変です」

「なんか、矛盾していますよね」

僕は自分の子ども時代と重ね合わせていた。

「なにが、矛盾ですか？」

唐木先生が、日誌を書きながら聞く。

「僕が子どもの頃は父親だけが働いて、まあ贅沢《ぜいたく》はできなかったけど、それでも子ども三人それなりに育てて。僕たちはランドセルを置いたら自由に遊びに行って、家に帰れば母親がいて夕飯の支度ができていた。今は、両親が働いているのに、時間的に余裕がないし金銭的にも裕福じゃないし、子どもたちも楽しそうじゃなくて疲れている。これって、おかしいですよね？それとも、思い出が美化されているだけでしょうか」

「小野先生が育った時代は、消費税もなかったし、どこでもタバコは吸えたし、呑気《のんき》な時代だったのでしょうね」

唐木先生の意図はわからないが、間違ってはいない。父親が自動車教習場に通っていたとき、路上講習のあとそのまま先生と飲みに行って、飲酒運転で帰ってきた。運転していたのは、まだ仮免許を取ったばかりの父親だった。

そんな時代もあったのだ。

もちろんやっていることはアウトだが。

「呑気というか、笑顔で頑張れた時代でもありますよね。未来に向かって、誰もが、なにかしら夢を持てた時代だと思います」

やざわっちは、僕より十五歳は若い。

「そうだ、僕が高校生のときの日本史の先生が話していました。時代にも成長過程があって、戦後の高度成長期がこの国の青年期で、そのあと壮年期がきて、やがて老年期になってこの国は衰退して滅びるだろうって。だからきみたちが子どもを作るときには、よほど考えなくてはいけないって」

「小野先生が高校生っていうことは、もう四十年前ですか」

「はい。あの頃はよかったです」

「それを言っちゃあ、駄目ですよ。色眼鏡で子どもたちを見てしまいますからね。価値観の押しつけになっちゃいます。子どもたちを見るときには、くれぐれも裸眼でお願いします」

唐木先生が言う。

「じゃあ、あれはなんですか。漢字ドリルにある〝いさましい軍歌〟とか〝手紙にきってをはる〟とか。子どもに、ラインじゃ駄目なのかって聞かれましたよ」

「そうですよね」

唐木先生も苦笑いする。

どうであれ子どもたちは、今の時代を精一杯生きるしかないのだ。そして僕たち大人はなにがどうできるのか。この世界の未来を、子どもにばかり求めている気がしてならない。

おんぶはどうも癖になったみたいで、創は翌日からも、僕が暇そうにしていると「先生おんぶ」と、背中にくっついてくる。とはいえ、一日一回と、実にあっさりしていて、一年生のように、「もう一回、もう一回」と、ねだることはない。

「先生おんぶ」の声と同時に背中に感じる重みは、不快ではないがどこか違和感を感じた。わからないが、この子の要求に真に応えてあげられるのは、やはり両親ではないのだろうか。

四年生以上が入っている、いわゆる高学年部屋は、三年生以下は入室禁止。職員もほとんどノータッチだ。『かってにあけないこと！　ようじがあるときにはノックすること』と、紙に書いてドアに張ってあるほどだ。

もちろん防犯カメラがついているし、困ったことがあれば、すぐに知らせにくる。たいていは男子がうるさいとか、宿題をサボってるとか、下ネタのへんな動画を見てるとか女子からのクレームだ。

玄関のチャイムが鳴った。

出ていくと、柿本貴哉《かきもとたかや》のお母さんが迎えにきていた。貴哉は創と同じ五年生だ。

「貴哉くーん。お迎えだよ」

ドアを開けると女子はタブレットを見ながらダンス。男子は二名が将棋、あとの二名は意味不明だが、ローテーブルの下に隠れていた。

その意味不明な二人が、貴哉と創だ。

「はい、出て出て」

貴哉を引っぱり出し、水筒と上着を忘れないように目を配る。貴哉は、支度をすませ玄関へ走る。

市役所で働くお母さんは、ショートヘアで姿勢がよく、いつもキリッとしている印象だ。

貴哉は水筒を母親に預けると、「あ、カード」と言って、再び高学年部屋に戻った。

後ろから見ていると、貴哉は自分のロッカーを覗《のぞ》き込み首をかしげている。そして部屋を出てみんなが遊ぶスペースへ行くと、カードで遊ぶ子たちの専用ロッカーを見た。それぞれのケースに入ったカードが積まれて収まっている。全部引っぱり出す。他の男の子たちがどうしたのと寄ってきた。

貴哉の表情に、焦りの色が浮かんでいた。

「カードがないのか？」

やっと僕も声をかけた。そもそもカードゲームのこともよくわかっていないから、なにを困っているのかも理解できない。

てっきり、大事なカードが一枚、誰かのカードに紛れ込んだのかくらいに思っていた。

「僕のカードがない。盗まれたかも」

（いや、ちょっと待ってよ、大げさな）というのが、正直な感想だ。

「カードって、何枚？」

「全部。ケースごと」

「ケースごとって……ランドセルにしまってあるんじゃないのか？」

他の子の文具や教科書が、間違って入っていたりすることがある。

しかし低学年ならともかく五年生なので、簡単に「それはない」と否定されてしまう。

一緒にカードゲームをしていた創にも聞いてみるが、「ロッカーに入ってるのは違うの？」とそっけない。

「あれも僕のだけど、別のやつ」

「なら知らない」

別のって、二種類も持っているのか。とりあえず玄関へ戻り、母親にカードが見つからないと事情を話す。

話を聞きながら、だんだんと貴哉のお母さんがイラついてくるのがわかる。

「この前もそうだったでしょ。自分できちんと管理できないものは、もう持たせないから」と手厳しい。

カードは見つからず、状況が曖昧なまま、貴哉はもういいと玄関の床に置いてあったランドセルを手にした。

「捜しておきます」

唐木先生も見送りに出てきて言うが、どうするつもりなんだろう。

「そもそもどんなケースだったの？」

貴哉に聞くと靴を履きながら「水色のやつ」と言う。

貴哉が帰ったあと、もう一度心当たりを捜してみるが進展はない。

「唐木先生、どうしましょう？　明日にでも、一人ずつ聞いてみますか？」

「いや、いいです」

と、あっさり却下。そして「盗《と》られたかも」と小声で呟《つぶや》いた。

「盗るって誰が？」

「さあ、そこまでは。……とにかく大げさにはしないで下さい。矢沢先生、ちょっと子どもたちをお願いしますね。小野先生、きて下さい」

子どもたちは職員の言動に敏感で、特になにか物がなくなった際、防犯カメラを使って捜すのには興味をそそられる。お片付けのとき、ふとした拍子で誰かの私物が紛れ込むことがよくある。しかし今日は単なる事故ではなさそうだ。

事務室へ入ると、唐木先生はドアを閉めた。

防犯カメラを操作する。巻き戻す映像をはじめて見た。テレビドラマで見るのと同じだ。

「ちなみに送迎用の車内も録画していますから。えーっと、今日はどこでカードをしていましたっけ？」

「さっきの、みんなのカードが片付けてあるロッカー前です」

唐木先生は巻き戻したり停止させたりを繰り返す。

「ここかな」

画面が停止する。

スローで再生が始まる。

時間が四時二分と表示される。

カードで遊んでいた男の子たちが片付けを始めた。みんな、外遊びに移行するつもりだ。もちろん貴哉も創もその輪の中にいる。

近くでごっこ遊びをしていた女児たちも、箱や袋に、フライパンやジュースやアイスクリームや人形たちを戻す。責任を持って片付けるのも、大切なルールだ。

片付けをしてから次の遊びに移る。最初は鬱陶しがっていた子どもたちも、声かけを続けることで、三年生になる頃には、下級生を指導するようにまでなる。

僕も子どもたちの言い訳に惑わされないように気をつける。「あとでもう一回やるから」とか、「ぼくは見ていただけ」とか、すぐ言い訳を口にする。そういうときには魔法の言葉、「一緒に片付けよう」と声をかけると、たいてい素直にやってくれる。

カードケースにカードを収めると、みんな所定のロッカーの中に入れた。そのときだ。

貴哉はカードケースをロッカーには入れず、なぜだか棚の上にポンと置いたままトイレの方へ駆けていった。

もしかしてこのとき……と思ったが、なにも起こらなかった。それどころか、カードが入ったケースには誰も触れず、そのまま棚の上に置きっぱなしの状態でみんなは外へ。しかも貴哉まで、トイレから出てくると直接玄関へ向かう。

「あれっ？　てことは、なに？」

貴哉はおしっこと一緒にカードの記憶も流してしまったのか。

そのままビデオは進むが、画面にはケースがぽつんとひとつ、忘れ去られたまま静かにたたずんでいた。

ブロックで遊ぶ一年生の子たちが、その空いたスペースに陣取った。見えてはいるのだろうがカードケースにはまったく関心を示さない。

他には誰もこないし、なにも起きない。ときおり子どもたちが、右へ左へちょこまかと移動するだけだ。みんな大人しくブロック遊びやお絵描《か》きをしている。

唐木先生が早送りにする。

もうすぐ五時だ。外遊びの時間が終わる。

と、そのときだ。玄関から創が駆け足で入ってきた。時間ギリギリまでみんなと遊ぶのに、少し早い気がする。創の動きが少しへんだ。

トイレに行くのかと思いきや、振り返り、部屋に戻ってくる。そして貴哉のカードケースに近づくと、さっと手に取った。

「えっ？」

画面を見ながら、これで解決してくれれば有り難いという気持ちと、それはないだろうという気持ちが交錯した。どちらを強く願ったのか、自分でもはっきりとわからない。

創はカードケースを持ったまま、おもちゃがたくさん入っている押し入れを開け中に入った。

創を気にしている子は一人もいない。

職員も、基本的に高学年の子は、泣いているとか走っているとか、目立った行動がない限り室内では気にかけない。

押し入れに入るところまでもう一度巻き戻して、出てきた創の手からカードケースが消えているのを二人の目で確認する。唐木先生もあまり信じたくない光景だろう。言葉がない。僕も同じだ。しかし何度巻き戻してみても、誰の人生もがそうであるように、事実が変わることはない。

「はあっ」と大きく溜息《ためいき》をつき、「行きましょう」と唐木先生が僕を促した。

ドアを開けたとたん、「なにしてたの?」と、子どもたちが、興味津々で尋ねてくる。

「宝探し」と僕は答えて、一直線に押し入れに向かった。

それはあっけなく見つかった。

ままごと遊びに使う人形や家具が入っている段ボールの箱の底に押し込んであった。

隠すにしては、あまりにも拙い。目的もよくわからない。

水色のカードケースを持って事務室に戻ると、唐木先生が創を呼んで、パソコンの前の椅子に座らせていた。

再びドアを閉める。

「貴哉くんのカードが見つかったよ。これのことだよね」

僕はパソコンの前に、カードが入ったケースを置いた。

「よかったですね」

足をぶらぶらさせて、創はまるで他人事《ひとごと》のように淡々と答えた。

「どこにあったかわかるよね」

これで素直に答えて涙でも流してくれればいいのだが、そうはいかなかった。創は、「さあ

「……」と一瞬僕を見て、すぐドアの方へ顔をそむける。

「押し入れのおもちゃ箱に、突っ込んであったよ」

言いながら肩に手を置こうとしたら、触らないでと拒否された。おんぶしてと、背中に乗ってきた創とは、別人格のようだ。

「正直に話してくれる？　創くんが隠したんだよね。どうして？　貴哉くんとなにかトラブルがあったの？　それとも学校で、なにかいやなことでもあったの？　どんなことでもいいから話して」

落ち着いた声で唐木先生が問いかけるが、創は黙ったままだ。

「なんとか言えよ！」と怒鳴《どな》りつけたいところだが、今はそういう時代ではない。学童の指導員が子どもに「ばかやろう」と言って、新聞で叩《たた》かれたというニュースも耳にする。今の時代、怒鳴っていいのは子どもの方だけ。いや、子どもですら、満足に声をあげられない。

「自分がやったことは、認めるよね」

唐木先生が目線を合わせようとするが、それも拒否。創は首を横に振る。

「防犯カメラで録画してるの、知ってるよね」

さっき見ていた録画を唐木先生が再生する。

「こんなことはしたくないけど、これはどう見ても創くんだよね」

創の瞳はどこかぼんやりとその映像に向けられていた。

「これだけはっきりと映っているんだよ。どうしてこんなことしたの？　二人は親友だと思っていたけど、喧嘩でもした？　そうだとしてもこれはいけないことだって、もうわかるよね」

ここで泣き出してもまだ遅くはないだろうけど、創は泣かなかった。それどころか、さらに僕たちを悩ませるようなことを言い放った。

「覚えてない」

「ええっ？　どういうこと。自分がやったことを覚えてないの？　それって大変なことだよ」

お母さんに言わなきゃと、唐木先生がやんわり脅しをかける。親に知らせるか、施設内だけの話で収めるかは唐木先生の判断だ。「お母さんには言わないで」と哀願してくる児童もいる。

それとも五年生ともなれば、心の中は僕たち大人よりも複雑なのかもしれない。

「いやいや。覚えてるだろ。あれはたまたまじゃなくて、ちゃんと自分の意志で目的を持って動いてたよ。自分がしたことには責任を持てよ」

僕は口走っていた。

語気が荒くなっているのがわかる。抑えなきゃと思う。しかしそれ以上に、これはどういう現象なのかと戸惑う。

小学五年生の子が、大人を相手にここまで嘘《うそ》をつくものなのか。その理由もよくわからない。それとも本当に覚えていないということがあるのだろうか。昔読んだ江戸川乱歩の小説に、そういうのがあった。夢遊病者の話だったか。

できればキッズクラブであったことは、この施設内で収めたいのが本音だ。

『ごめんなさい。僕がやりました』

『反省していたらいいよ。じゃあ、明日貴哉くんに謝ろうね』

『わかった、そうする』

『これからも仲良くしてね』

『うん』

みたいな流れで、お母さんたちの負担を軽減するためにもそうありたい。このままだと、お迎えにくる創のお母さんに話をしなければならない。

「どうしても認めたくないの？」

するとようやく創は、

「映ってるのなら、僕がやったかもしれない」と、曖昧なまま認めた。

唐木先生と目が合う。これでは無事解決というわけにもいかない。僕たちの目的は単なる犯人捜しではない。刑事ドラマでいうなら、知りたいのは、事実ではなくて真実なのだ、ということ。

「じゃあ、明日、貴哉くんに謝ろうね」

唐木先生がやさしく肩に手を置くと、「うん」と頷いた。

お迎えにきたお母さんには、もちろん唐木先生から話をした。創のこれからの成長に大きく関係する問題だ。すると意外な答えが返ってきた。

「そうですか。うちでもお兄ちゃんの物を隠したり、意地悪をしちゃうんです」

「だって兄ちゃん、僕のコンパスを壊した」

「仕方ないでしょ。兄ちゃんは……」

精神的な障害を持っている話は聞いていたが、具体的なことまではわからない。そして創は不満そうな顔をわざわざ僕に向けて言った。

「今度のことと関係ないから」

ということは、どうやら自分がやったことをちゃんと認識しているようだ。

「親の愛情をお兄さんに全部持っていかれて、寂しいってことですかね」

創を見送ってから、唐木先生に確かめる。

「そうかもね。どちらにしても、子どもながらに抱えている現実が大き過ぎます」

叱られて、泣いて、謝って終わりの昭和とははっきりと違う空気が、子どもたちを息苦しくしている。生き苦しいといってもいいかもしれない。しかし生まれてきた以上その時代を生きるしかないのだ。

「どうでした？」

子どもたちの見守りに戻ると、やざわっちが声をかけてくれた。

「うーん。ただただショックですね。おんぶとか言って、無邪気に背中へ飛びついてきてたのに、なんでこんなつまらないことをしちゃうのかと思うと、悲しくなります」

「そうですよね。唐木先生は一年生のときから見てるから、もっとでしょう」

きっと裏切られた気分だろう。

「もともと愛着障害を持っている子だし、お兄ちゃんとの将来を考えたとき、漠然と押し寄せてくる不安は、大変なストレスでしょうね」

「創くんにとって、家が必ずしも安全基地ではないってことですかね。僕たちにできることって、なんなんでしょうか。結局なんの役にも立っていないようで、すごく悔しいです」

「これ以上、ひどくならないように見守りましょう。それしかありませんね」

やざわっちは、抑えたトーンで言う。

「ひどくなるって、なにがひどくなるんですか？」

「意識的につく巧妙な嘘や、盗み。それから、度を越した悪戯《いたずら》に発展する可能性があります。特に盗みや万引きは、愛着障害が悪化した児童によく見られる、典型的な行動です」

典型的といわれると、創だけ特別なことではなかったのだとなぜか安心した。

「ただこれから、中学生になって、暴力や非行グループと結びつくと厄介ですよね。そういう集団にいることでしか自己肯定感を見出《みいだ》せなくなると、もう抜け出せない」

ふと、翼のことを思い出す。時々、今どうしているのだろうか、ちゃんと学校へ行っているだろうか、ちゃんと笑っているだろうかと心配になる。心配以上のことができなくてもどかしい。いったい僕たちは、なんのための大人なのだろうか。子ども一人も見守れないなんて。また気持ちがネガティブになる。

いや、よそう。美月と約束したはずだ。僕は僕のできることをすると。

「小野先生におんぶしてもらったのも、彼にとっては自分の想いを叶《かな》えてほしい気持ちから生まれた、代償行為だったのかもしれませんよね」

やざわっちが言う。代償行為。そう考えると、詰問したときの自分は思いやりのない高圧的な態度だったかもしれない。

僕はふと思い出して、やざわっちに聞いてみた。

「最後まで創はちゃんと謝ったり認めたりしなかったのは、どうしてですかね？」

「面倒臭かったんでしょうね」

「面倒臭い……ですか」

あれほど唐木先生と悩んでいたのに、やざわっちはひと言で片付ける。

「創くんと貴哉くんは、親友だったけど、今まで注がれていた親友という名の感情シャワーが枯渇して出なくなったんじゃないですか」

「感情シャワー」

「小野先生も経験あるでしょう。付き合っていた彼女と会うのがもう面倒臭くなってきたことって。最初はとても楽しかったけど、そのうちつまらなくなって、一緒にいても楽しくない。つまり、恋愛の感情シャワーが出なくなった状態なんですよ」

「でも創くんと貴哉くんは、いつも一緒に……」

「どこかで創くんは、貴哉くんを親友だと思えなくなったんじゃないかな。安定していた友だち関係が、どこかで崩れたんじゃないですかね」

「どこで？」

「さあ、そこまでは……」

「やざわっち、ドミノが完成したから、倒すところ、動画を撮って」

小二の女児が三人、足音を忍ばせるように呼びにきた。タブレットを持ったやざわっちがそっと向かう。その先でテーブルを三つ並べた上に、赤・青・黄・緑のドミノの牌《パイ》が、万里の長城のようなラインを描いていた。

創の感情シャワーが涸《か》れてしまったのか。しかしそうだとしても、もう二度とタンクに水が満たされることはないのだろうか。

今頃、創はどうしているのだろう。家に帰って改めて叱られてはいないだろうか。もちろん僕にはどうすることが最善なのかもわからない。ただ無責任に、創のしたことを悪いことだと単純に決めつけないでほしい。

しかし、どれだけ考えても、これ以上僕にできることはなにもない。せめて明日、もしも背中におぶさってきたら、変わらずにおんぶしてあげよう。それくらいしか、僕にできることはない。

一人の女児が赤いビスケットのような牌を指で弾《はじ》くと、なだれるように次々と牌が倒れる。子どもたちの歓声が起こる。壊れることでしかなにかを表現できない。倒れていく様は、まるで子どもたちの苦悩のようにも見えた。

翌日、創のお母さんは、貴哉の保護者に謝りたいと、車の中で待っていてくれた。貴哉のお母さんは、怒っていいところを、一歩も二歩も引いてくれた。創に気を遣っているのか、むしろ貴哉を責めた。

「この子がいつも、ちゃんと片付けないのがいけないんです。以前にもなくしたことがあって厳しく言ったのに、また同じことを繰り返すんだから」

以前にもなくした、のところで、僕は少し引っかかったが、誰も話を止めなかった。

「どうして貴哉くんのカードを隠したりしたの。ずっと一年生から一緒で、親友なのに」

お母さんに言われ、創ははじめて「ごめん」と謝った。

「許してあげるよね」

貴哉の母親が、笑顔で息子に迫る。

「うん」

貴哉は頷いた。一年生から一緒ということは、保護者同士の交流もあっただろうし、家庭の事情も把握しているのだろう。二人はぎこちなく握手を交わした。

「これで無事に、めでたしめでたし、なんですかね？」

事務室に戻って、椅子に腰かけた唐木先生に聞いた。

「お互いの保護者が納得してくれたので、これでいいんじゃないのでしょうか……ぐるぐる先生は、なにかご不満でも？」

「いや、不満ではないですけど……」

唐木先生は意味ありげに笑って、パソコンを起動させた。白髪が二、三本、後頭部に浮いている。

「保護者あっての、児童なんですかね」

「なにが言いたいのですか？」

「なにが言いたいのか自分でもよくわからないのですが。どこか、もやもやしたままのようで。子どもたちが本音で喋《しゃべ》ってないですよね。イマドキの子どもって、あんな感じなのかもしれませんが、僕にはどうも」

「気にしても、仕方がないことだってあります。日が経てば、そのうち二人とも元に戻りますよ。小野先生ならご存じでしょ、昭和だから。日にち薬ってよくいいましたよね」

「もちろん知っています。杞憂《きゆう》という言葉もね」

「心配なら、これからの二人のためにエネルギーを注いであげて下さい」

「これも成長の過程ですかね？」

答えが返ってくる前に、

「ぐるぐる先生、卓球したい」

子どもたちが呼びにきた。

いつも勉強に使っているローテーブルを三台並べ、中央にネットを張る。卓球台にはちょっと低いが、そこそこ熱中できる。

「ぐるぐる先生、点数数えて」

「はいはい」

「はいは一回」

「はい」


目を見ればわかるようになった。光の違いは心の違い。心が弱くなれば、光も弱くなる。子どもの目はきれいなだけに光の強弱がよく目立つ。

創の目から光が消えていた。もっとも、きのうの今日だから仕方ないのかもしれない。貴哉は今日休んでいるが、唐木先生が言うように、日が経てば、また二人は元に戻るのだろうか。

「ぐるぐる先生、お外まだ？」

宿題を終わらせ、おやつもすませた低学年児童たちがせっついてくる。

「よーっし。もう行こうか」

「やったあ！」

本当は四時からの決まりなのだが、僕がきてから少しずつ早くなった。いや、子どもたちが、ぐるぐる先生に言えば四時になっていなくても外に出してもらえると知って、僕に声をかけてくる。

規則も大事だが、これってどうなの？　というときもある。明日から雨になりそうだという日の前日には、早めに解放してあげたい。ただでさえ子どもたちは、エネルギーに満ちあふれているのだ。

〝ぐるぐる先生がずっと鬼・鬼ごっこ〟という、ありえない鬼ごっこが始まる。ずっと走り続けなくてはいけない。少しでも手を抜こうものなら、本気で走れと二年生の女児に叱られる。ほとんど死にそうになる。

四時三十分になると、ホッシーが、「小野先生、交代しまーす」と出てきた。助かった。

入れ替わり室内へ移動する。

手を洗い、事務室で水筒からお茶をひと口飲むと、唐木先生が防犯カメラのモニターの前で手招きした。

「なにかあったんですか？」

「いいえ、そういうわけでも……。ただ、ちょっと行って、ひと声かけてきてもらえますか？」

喧嘩？　と思いつつ、モニターを覗き込む。

「高学年の部屋です」

創が部屋の隅っこで、一人漫画を読んでいた。ずっと考えごとをしているのか、ページをめくる手がずっと動いていない。

「わかりました。頑張ってきます」

「ひと声ですよ！」

「えっ？」

唐木先生の要求は、日に日にレベルが高くなる。深追いしないようにの意味は、少し理解できるようになった。

戸口に立って、部屋の中を見た。まだ女子が三人、宿題をしていた。

創のそばに行って座る。

「どうした。外で遊ばないのか？　ほら、もう春がそこまできているぞ」

こういうときに、子どもの気をひく言葉はないかと思いつつ、他に会話のきっかけを思いつかない。

「きのう、ちゃんと謝れて、えらかったな」

これも反応はない。女子三人も、聞こえない振りをして聞いている。

創の中で、消化しきれていない気持ちのあることはよくわかる。子どもの世界とはいえ、加害者が被害者だったり、被害者が加害者だったり、加害者が別の場所で被害者だったり、その判別すら難しいこともある。子どもだから「ごめんね」のひと言で仲直りなんて、身勝手な大人が創り出すファンタジーでしかない。そうわかっていながら、僕は身勝手な大人になって話す。

「貴哉くん、火、木はいないから、つまんないよな」

「バスケだから」

ようやく声が出て、ほっとする。創は漫画の本を閉じて脇に置いた。

「あいつ、今年から、クラブチームに入ったから」

「そうみたいだね。創くんは、なにかやりたいことあるの？」

「聞いてどうするの？」

「あ、いや……」

高学年になると、自然とキッズクラブにくる人数は減る。五年生の男子は四人。淳之介ともう一人、金田快司《かねだかいじ》という子がいるが、二、三年生と遊ぶのが好きで、創たちとは合わない。

「そういえばきのう、前にも貴哉くんのカードがなくなったって、お母さんが言ってたけど、創くんはそのこと知ってた？」

「知ってる。僕が捨てたから」

「えっ？　捨てた？」

「うん」

不思議なことに、今日はサラリと創が言った。僕は内心驚いたが、心の中で落ち着け自分と言い聞かせ、平然と話を続けた。

「へえ、そうなんだ。もしかして、貴哉くんのこと、本当は嫌いなの？」

親友だと思われているだけなのかもしれない。

「嫌いじゃないよ。けどムカつく」

「どうして？」

「俺だって、貴哉みたいにバスケやりたい」

一人称が、僕から俺に変わった。

「やればいいじゃない」

「無理。兄ちゃんがいるから」

「お母さんには言ったの？」

「言ったけど、中学まで待てって」

「中学かぁ。まだ一年以上あるなぁ」

「それまでに、貴哉とは差がつくし。中学になっても、たぶん部活は無理かも」

兄ちゃんがいると、できないのだろうか。これ以上、家庭の事情はわからない。いつも創を迎えにくるとき後部座席に乗っていると聞いたが、降りてきたことはない。

「中学になれば、大丈夫だよ」

「どうして、そんなことが言えるの。ぐるぐる先生は知らないから。うちのこと」

「確かに知らない。じゃあ、貴哉くんが羨ましくて、あんなことをしたの？」

創はうつむいて答えない。

こぶしを握りしめている。

せつないほどに自分を抑え込んだプライドが、そのこぶしの中にある。

相手が低学年なら、「だからといって物を隠しちゃ駄目だよね」と言えるけど、高学年には通用しない気がした。ここで学んだこと。納得しなくても成長できる部分と、納得しなければ成長できない部分とが子どもたちにはある。

今の彼を納得させられるものが、僕には見つけられない。けれど、見つけたい。

気がつくと、その握りしめたこぶしを、包み込むように僕は摑《つか》んでいた。

こぶしは力が入って固く閉ざされていた。

翼が体をこわばらせていたのを思い出した。

「やりたければ、できるって。創は自由なんだから」

自然に僕の口からこぼれた言葉だった。その言葉にどれだけの力があるのかわからなかったが、どうしても伝えたかった。

うつむいたままの創の瞳から、ポツリと、涙が落ちた。

「カードで僕が勝ったとき、貴哉に言われた。バスケでは、ゼッテーおまえは、俺には勝てねぇって。笑いながら言われた」

そんなことを言われたのか。どれだけ悔しかったか想像できる。僕も中学からサッカーを始めたが、小学校からやってるやつらとは圧倒的に体力と技術の差を感じた。創はこの年齢で、相手になにも言い返せないという屈辱と絶望感を味わっているのだ。ただそういう家庭環境に生まれたというだけで。

鼻をすするだけの泣き方。この少年はいつから声を出さずに泣く方法を身につけたのだろう。

宿題をしていた女子が、心配そうにこっちを見ていた。

「バスケができるように、お母さんに言ってあげようか？」

僕の言葉に創は首を横に振った。

「わかった。じゃあ、言わない。でもこれだけは覚えておいて。創は自由だから。自分がやりたいと思っていることができるんだから」

「無理」という言葉が、呪いのように彼の人生に覆いかぶさらないようにと願った。

「ここにもいたくない」

呻《うめ》くように創が言う。

「そうだよな。もっと自由になりたいよな。みんなを見ていると、本当にすごいと思う。よく我慢していると思う。でもごめん。僕にはなにもできない」

そう答えることしか僕にはできなかった。嘘で繕えるほど僕の心も、まだ大人にはなりきれていなかった。

「疲れたから、一人にして」

「わかった。いろいろ教えてくれてありがとう」

「あ、ぐるぐる先生。またおんぶしてくれる？」

「もちろん」

「ありがとう」

「友だちなら、あたりまえ」

僕の笑顔に、創が笑顔で応えてくれた。

よかった。ちゃんと言葉が伝わった。

誰かの笑顔がこれほど僕を励ましてくれたのはいつ以来だろうか。こっちまで泣きそうになった。そのときふと、美月が入院していた頃のことを思い出した。担当してくれていた看護師さんの笑顔に救われた。もうその顔も、名前すらも思い出せないけど、ただ救われたことだけは、心地よい感覚として残っている。

「どうでしたか？」

事務室へ戻ると唐木先生は、卒業していく子どもたちのために、ノートに写真やメッセージを貼りつけ、手作りのアルバムを創っていた。

「いや別に。普通にしていましたけど」

「普通には見えませんでしたけど」

「えっ、モニターで見てたんですか」

「心配ですからね」

「そうですよね。心配ですよね、創くん」

「いえ。心配なのは、小野先生の方です」

「行けって言ったの、唐木先生じゃないですか。なのに信用していないとか、ありえないですよ」

「信用していないとは言ってません。不安なだけです」

「同じでしょ」

と、いつのまにか子どもたちが、楽しそうに集まってきていた。

「なに喧嘩してるの？」

「していません」

そうだった。僕の仕事場は事務室ではなかった。

「さあ、なにして遊ぼ？」

僕は子どもたちの中に入っていった。

「やりたいことができないって、つらいだろうな。美月もそうだったんだろうな」

(私はもういいけど、その子にはまだ、未来があるから)

「自分の経験からも、あきらめることよりも、あきらめないことを知ってほしい」

(お互い、いろいろと、あきらめたね)

「ほんとだ。あきらめ夫婦だ」

(私も、今思えば、働きながらでも、保育士の資格を取ればよかった。遊ぶ方にエネルギーを使いすぎちゃったから)

「美月はお母さんを助けるために、頑張ってた。そういえば……」

(なに?)

「美月が創った小さな絵本、あれからもう一度捜したけど、やっぱり見つからない。あれもあきらめなきゃいけないのかな」

(……そのうちに、現れるよ)

「でもさ、引っ越して、もう荷物もほとんどないし。美月が入院したときに、病室へ持っていって、それから……ああ、やっぱりわからない。そばに置いておきたかったのに」

(そんなに大切に、思っていてくれたんだ)

「もちろんだよ。だってあれは、美月が生きていた証《あかし》なんだ。あの絵本を読んでいるときの美月が、僕はいちばん好きだった。なのにそれさえもなくしてしまって……」

（ありがとう。私も気に入っていた）

「あの絵本には美月の温もりがあったのに」

（そんなに落ち込まないで。私までつらくなる）

「うん。わかった」

7　ごめんなさいのあと

明日から春休みだというのに……いや、それは関係ないかもしれないが、出勤するといやな雰囲気が事務室を満たしていた。

「おは……」と挨拶をしかけた僕の声も、なごり雪のように落ちて消えた。

「どうして私がみんなに、謝らなきゃいけないんですか！」

こんなに興奮した葉子先生の声を、はじめて聞いた。

「あたりまえです。職員の信用を失墜させるようなことだって、わからないのですか」

唐木先生が静かに睨《にら》みつけていた。

「わかりませんよ！」

「キレないで下さい、葉子先生」

やざわっちがなだめる。

「なにがあったんですか？」

喧嘩《けんか》は嫌いではない。顔には努めて心配そうな表情を浮かべ、心の中はワクワクしていた。女性同士の言い争いだから、どうせ摑《つか》み合いにはならないだろうし、まかり間違っても直接の被害はないだろう。もしかして、誰かの保護者と不倫とか。いやいや、葉子先生でそれはないか。

「小野先生」

「はい、なんでしょう。唐木先生」

「葉子先生がですね、子どもと個人的にＳＮＳでやり取りをしていたんです。しかも休みの日に、カラオケまで行ってるんですよ」

「なるほど。それは駄目ですよ、葉子先生。そういうときには、ちゃんと唐木先生も誘わなきゃ」

「ふざけてますよね。小野先生」

「はい。あっ、すいません。いや、でも、相手は誰なんですか？」

「続木真妃《つづきまき》ちゃんです」

「確か四年生の……」

「そうです。常識を逸脱しています」

「でも、唐木先生、葉子先生は真妃ちゃんのことを思って一緒に行ってあげたんだし、悪気はなかったと思いますよ」

やざわっちが、弁護を試みる。

「悪いと思っていたから、こっそりとやっていたんでしょ」

「もういいじゃないですか。どうして誰かが出勤してくる度に、いちいちまぜ返すんですか」

葉子先生が苛立《いらだ》ちを露《あらわ》にする。唐木先生は、それなりにねちっこい癖《くせ》がある。葉子先生が、鬱陶しさを感じていても、不思議ではない。

「これは全員が共有しておくべき問題です」

「でも保護者も一緒に行ったのでしょ。確かお母さんだけのシングルでしたっけ。以前僕がお父さんのことを聞いたら、いないって睨まれました」

そのあとすぐに謝ったが、「謝らなくていい」とも言われた。

唐木先生は、細い目になって首を左右に振った。

「一緒じゃありません」

「……えっ、子どもと二人だけで？　それはアウトでしょ」

「ほら、小野先生ですら、駄目だと言ってますよ」

「なんですか、その小野先生ですらというのは。ふざけてますよね。唐木先生。いやしかし、それはなにかあったらまずいですよ。誰をというわけではありませんが、僕も子どもがいないから、連れて帰りたいと思ったりもします。休みの日にこういう子たちを連れてどこかへ遊びに行ったら、さぞかし楽しいだろうなって。あれ？　葉子先生、子どもさん、いらっしゃいましたよね？」

「成人しました」

「ああ、なるほど。子どもがいなくなって、寂しくなったんですね」

「いいえ違います」

葉子先生がキッパリと答えたから驚いた。じゃあ、どうして？

「とにかく、絶対にやめて下さいね。もうお迎えに行く時間ですよ」

唐木先生が追い立てた。

二人一組になって車で迎えに行く。僕はホッシーと組む。葉子先生はやざわっちと別の学校へ向かった。

車の運転はホッシーがする。

ワゴン車の後ろの席から、ホッシーに尋ねる。

「さっきの話ですけど、葉子先生と真妃ちゃんって、そんなに仲がよかったんですか?」

「いつもおりがみを教えていましたからね。ただ、SNSでやり取りしていたとは知りませんでした」

「それにしても唐木先生、めっちゃ怒ってましたね」

「葉子先生には前科がありますから」

「前科って、窃盗とか?」

「いや、リアルな犯罪じゃありませんよ」

「そうですよね。なにがあったんですか?」

「えっと、一度はある子どもの誕生日に、ダイヤモンドのついた、ハートのネックレスを買ってあげたんです」

「ダイヤって、まさか本物の?」

「本物です。その子も母親しかいなくて、誕生日に家ではなにもお祝いしてもらえないって言ってたんです」

「他にもあるんですか?」

「去年の夏休みに、男の子を水族館へ連れて行きました」

「その子もやっぱり、親が……」

「そうですお父さんと二人の家庭です。おりがみで魚を折っていたとき、たまたまそういう話になったみたいです。このときはお父さんには了解を取っていましたが、唐木先生には内緒にしていました」

「それはいったいどういう……」

さらに深く話を聞きたかったが、小学校はそれほど遠くなくて、車は駐車場に到着した。

今日の空は春めいて、やさしい水色だ。校舎前の運動場には、もう一年生が並んでいる。手を振ると、「ぐるぐるせんせー」と黄色い帽子が駆けてくる。

走るその姿は無条件に可愛《かわい》い。正直に嬉《うれ》しいが、「まだそのまま」と、子どもたちを制止する。

担当の先生と、子どもたちの名前を合わせる。勝手に帰ってしまう子や、居残りの子。連絡の見落としもあるので、最も神経を使う作業だ。

キッズクラブにくるはずの子がいない場合、すぐ保護者に連絡を入れるよう、唐木先生から厳しく言われている。本人の居場所はリアルタイムで把握する必要があるのだ。

一度など、子どもの居場所がわからず、大騒ぎになった。家に帰っているはずが、家にいないと母親から連絡があった。捜し回ると、コンビニをぶらついていた。

子どもたちを先導して、駐車場で待つ車まで連れていく。

一人だけ乗車しきれずに余ってしまった。

誰が残って待つことにするか、それも子どもたちに決めさせる。大人はなるべく口を出さないのが、唐木先生の方針だ。

「みさきちゃん、残れば」

永吉が言う。普段はオチャラケているが、咄嗟《とっさ》のときの言動は早い。ついこの前も宿題のときにもじもじしている同じ一年生の女児を見て、

「どうしたの？　なに困ってるの？　漢字ドリル……俺のを貸すよ」

と、将来絶対にモテそうなやつだ。

しかし今日はそこから発火する。

「でも、女の子が一人だけ残るなんてかわいそう」

理央《りお》が言う。すると桃香が突然、「おまえは黙ってろ」と突っかかる。

「桃香ちゃん、なんですか、今の言葉は」

「だって、永吉くんがせっかく言ったのに。みさきちゃん、待ってるよね」

「う、うん」

みさきは頷《うなず》く。どうせ明日からみさきはいないわけだし、親友のみなみは、桃香たちのグループに慣れてきている。異論はないだろう。

「はい乗って」

僕は今のうちにと、促した。が、理央が納得しない。

「みさきちゃんが残れるのなら、永吉くんだって残れるはず」と、ちょっと僕にはよくわからないぬかるんだ路地裏へと入り込む。

どういう意味？

正直どちらでもいいと思う。子どもたちなりに、こだわっているのだろうが、わからない。

「誰でもいいから、早く乗って。僕がここに残って、一緒に待ってるんだし。もう二年生がきちゃうよ」

早くキッズクラブに連れて行き宿題をさせないと、二年生、三年生と帰ってくると、机が足りなくなってもめることになる。

結局、みさきが残ることになった。


担当した子どもたちを全員、キッズクラブへ運び終えるとそれだけでほっとする。

「さあ、宿題しようぜ」

子どもたちに呼びかけた。

と、理央が、スタスタとそばにやってきて、「ぐるぐる先生」と僕を呼んだ。

「宿題、どこがわからない？」

「ちがう。さっき、車の中で、桃香ちゃんに、うっせー、黙ってろって言われた」

まだ続いていたんだ。思わず、めんどくせーと、叫びたくなるのを押しとどめた。

にしても、桃香の口の悪さはなんとかならないのか。今後の彼女の成長が気がかりで、二度ほどお母さんと話をしたが、さほど気に留めていないのかそれともあきらめているのか、「家でも凶暴ですから」と世間話レベルで終わってしまった。

普段の生活では、それほどひどい言葉は使わない。活発な性格から、一年生の中でも、リーダー的な存在になっている。ただ気に入らないことがあると、反射的に乱暴な言葉が出る。

「そうなんだ。もともと桃香ちゃんは、口が悪いからね」

理央は理央で、自分が正しいと信じたことは、貫き通そうとする。

「謝ってほしい」

えぇーっ、無茶を言うなよ。謝らねえよあいつは、と心の声が漏れそうになる。

今までにも何度かチャレンジしたが、謝りそうになったことすらない。「はあっ、なんで私が！」と言われて終わりだ。

しかしスルーはできない。リクエストにはお応えするのが、このお仕事だ。桃香はすでに座って、宿題に取り組んでいる。そばに行って、しゃがむ。

「桃香ちゃん。理央ちゃんが帰りの車の中で、ひどいことを言われたって」

「言ってない」

出たっ。

「桃香ちゃんは、ひどいことだと思っていないかもしれないけど、理央ちゃんは、傷ついているよ」

「そんなの、知らない」

桃香が睨んできた。それでもまん丸い目は可愛らしいので、つい笑ってしまう。その瞬間、弾《はじ》けるように「笑うな！」と返ってきた。桃香の感情のセンサーは素早く反応する。

「だから理央ちゃんが、謝ってって言ってるんだよ」

ついに桃香は僕の存在すら無視して、宿題の書写を始めた。

「ねえ、桃香ちゃん」

「……」

「どうするの。このままじゃいけないよね」

「……」

「なにか言って」

「無理」

予想通りだ。はい終了。

心の中でチーンとベルが鳴る。

理央に知らせに行く。

「桃香ちゃんは、謝りたくないって。それより理央ちゃんも、早く宿題しなきゃ」

なんとか気持ちをそっちへ向けようとした。

しかし理央は、キョロキョロとあたりを見まわすと、葉子先生の元へと走った。

なるほど理央は、外遊びよりも室内派だ。葉子先生からタブレットを借りて、おりがみの動画を見ながら、せっせと製作にいそしんでいる。宝物入れやカニ、ほうきに乗った魔女など器用に作る。お迎えにきたお母さんに、まずそれらを見せることを楽しみにしているほどだ。

それとなく聞き耳を立てていると、理央ちゃんは葉子先生にことの成り行きを詳しく説明している。しかも僕が役に立たないことを強調する。

ひと通り話を聞くと、「桃香ちゃん、ちょっときて」と葉子先生が呼んだ。

面倒臭そうな顔をしながらも、桃香は葉子先生の隣に座った。葉子先生は理央の訴えを確認する。僕と違っているのは、ひと言ひとことをどういうつもりで言ったのか、そのとき言われた方はどういう気持ちになったと思うかを、丁寧に、慎重に、我慢強く聞いていく。

桃香はすぐには答えないが、さっき僕に投げつけたような乱暴なことも言わない。

十分が経《た》ち二十分が過ぎる。宿題は大丈夫かと、僕はそちらが気になってしまう。

ひと通りすべての確認が終わると、葉子先生はこう言った。

「今謝れる？　無理かな。じゃあ、謝れるようになったら、謝ってあげてね」

ぼくはその後の二人の様子を注視した。

宿題が終わると、桃香はチラチラ理央を気にしながら、なぜか明日からはこない牧村《まきむら》みさきのそばに行った。みさきはずっと仲良しだったみなみと、最後のおやつを食べていた。

桃香、みさき、みなみと並ぶ。そしていつも桃香と一緒にいる、谷口舞弥《たにぐちまいや》と遠藤瑞穂《えんどうみずほ》がその向こうでおやつを頬張る。

ポテト系のお菓子にも、カレー味、チーズ味、サラダ味、ゲキ辛味とあり、みんな好みが違って面白い。生活の違いも現れる。高級チョコの味に慣れている子がいれば、はじめてプリンを食べたと感動する子もいる。

みさきとなにやらずっと話をしていた桃香は、おやつがすむと、理央を呼んで二人で窓際に移動した。理央は戸惑った様子で桃香の話を聞いていたが、すぐに桃香たちと一緒に、外遊びへ駆け出して行った。

もう仲直り？

マジックを見せられているようだった。

夕方六時を過ぎ、子どもたちの数が減って、僕は葉子先生に声をかけてみた。

「桃香ちゃんと理央ちゃんですが、ちゃんと仲直りしてましたね」

とたんに葉子先生の表情が華になる。

「そうなんですよ。桃香ちゃんが謝ってくれたと、理央ちゃんが報告しにきてくれました」

「すごいですね」

正直、僕にはできない。

「どんな魔法を使ったんですか？」

「桃香ちゃんは、はじめから謝りたかったみたいだけど、ごめんなさいのあと、どう言えばいいのかわからなくて困っていたんですって」

「ごめんなさいのあと？」

「そうです」

「それで謝れなかったんですか？」

「はい。みさきちゃんに相談したら、ごめんなさいのあとは、一緒に遊ぼうって言えばいいって教えてくれたんだって」

「すごいぞみさきちゃん、ですね」

自分がいなくなっても、みなみが困らないように、桃香たちのグループに入れて馴染《なじ》ませたり、仲直りの仕方を伝授したり。

「これって本来、僕たちがしなきゃいけないことですよね」

「そうですよね。子どもたちが泣いたり怒ったりするのは、たいてい困っているからなんです。例えば川の向こう岸へ行きたいとするじゃないですか。大人だったらなにかしら考える。でも、子どもは目の前にある問題だけで、いっぱいいっぱいになっちゃう。このままだと行けなくて、それで泣いたり怒ったりする。そこに橋を架けてあげたり、回り道を教えてあげるのが私たちの仕事なんですけどね」

「みさきちゃん、時給を払ってでも引き止めたいですね」

「なに言ってるんですか、小野先生。理央ちゃんが怒ってましたよ」

「あぁ……」

「ぐるぐる先生は、ちゃんと話を聞いてくれないって」

「僕なりには、聞きましたよ。でもキツいですよ、女児のもめごとは。謝るの無理とか言われたら、心が萎えてしまいます。それより早く宿題しなきゃとか、言っちゃいましたから」

「もっとちゃんと話を聞いてあげないと、謝れないいんですよ。まあ、そうはいっても、私、自分の子どもはうまく育てられなかったけど」

どういうことなのか、がぜん興味が湧く。

「いろいろと、あったんですよね……」

さりげなく振ってみる。

「今、二十代の息子が二人います。でも私の収入をあてにして、二人ともちゃんと働かなくて。目標があるわけでもなく、ぶらぶらして。本当にお金がなくなるとアルバイトして、でも休んだり、すぐにやめちゃったり」

葉子先生はシングルのはず。

「それってキツいですね。ここだけだと、大した収入にはならないでしょ」

思わず正直になる。

「仕方ないです。私のせいだから」

「いやいや、それはへんでしょ。息子さんたち、甘えてるだけじゃないですか」

「子どもたちがまだ中学生のときダンナと別れたんですけど。そのとき喧嘩になって、言い争っているのを、子どもたちに聞かれてしまったんです。それから子どもたちは学校へ行かなくなって」

「不登校ですか。でもだからといって、葉子先生に責任があるわけではないでしょう」

「子どもを押しつけ合っていたんです」

「押しつけ合って……」

「男の子は最初っからほしくなかったし、育てる自信もありませんでした。離婚の話になったとき、二人ともダンナに引き取ってほしいと頼んだけど、ダンナはおまえが育てるのが当然だろうって。その話を子どもたちに聞かれてしまいました」

それじゃまるで、処分に困っている粗大ゴミだ。今の子どもたちは自尊感情が低いといわれるが、親が自分たちを要らないと相手に押しつけ合ってるのをまのあたりにするなんて、ただでさえ思春期の少年たちが、どれほど傷ついただろうか。自尊感情どころの話ではない。自分を大切に思う気持ちも育たないだろう。

結局、ダンナは逃げてしまい、二人の子どもは自分が育てるしかなかった。しかし自分は運よくカレシができて、生活の援助などしてもらいつつ、今日までうまくやってきたそうだ。付き合っているカレシには感謝しているが、結婚をするつもりはないと言う。

カレシの話をするときばかりは、表情が輝いていた。

「ちゃんと二人の子どもとは、話し合って、謝ったんですか？」

「できないですよ。自分の子どもに謝るとか、難しいですもの」

「なにが難しいんですか？」

「うーん、わからないけど、面と向き合ったらきっと話せなくなる」

心もとない口調になる。ここの子どもたちと対峙《たいじ》しているときの葉子先生の勢いは、どこかへ消えてしまった。

「考えてみると、私はここで育て直しをしているのでしょうね。自分の子どもにしてあげられなかったことをしてあげようと思って。自己満足だとわかっていても、やりすぎて、カラオケに連れて行ってしまう。よく矢沢先生が愛着障害って言うけど、私はその裏返しかも」

「裏返しって、どういうことですか？」

「愛情をもらえなかったからじゃなくて、愛情を注げなかった自分に躓《つまず》いているのだと思います。今でも生まれてきた子どもが女の子だったらうまくいったかもって思います」

女児に囲まれておりがみをしている葉子先生の姿は、確かに幸せそうだ。男児と遊ぶのは苦手だ。特にバトル系は。

ふと思って聞いた。

「まさか、女の子だったらうまくいったかもとか、自分の子どもには言ってないでしょうね」

「言っちゃいました」

「わあー。駄目じゃないですか」

「隠しごとができないタイプなんで」

「唐木先生にだけは、謝っておいた方がいいと思いますよ」

「あとでみさきちゃんに、謝り方を聞いておきます」

葉子先生が冗談ぽく笑った。

理央のお迎えがくると、桃香たちが見送りに玄関まで出てくる。手のひらタッチをしながら、また明日と言い合う。可愛いと思う。

僕にしても子育ての疑似体験をしているだけに過ぎない。あるお母さんに、子どもたちの可愛さを力説すると「ここにいる時間だけ見ているなら、そりゃ可愛いでしょう」と言われてしまった。

「ぐるぐる先生、じゃま。お迎えがきたから帰る」

今日で終わりのみさきも、まったくしんみりとしていない。きっと明日になればもっと楽しいことが彼女を待っているのだろう。


「明日から、新一年生が入ってくるんだよ」

(春休みからくるんだ。楽しみだねぇ)

「そう。だから、今日までで終わりの子もけっこういた」

(みんな寂しがってたでしょう?)

「そうでもなかった。まあ、子どもたちは、また学校で会えるしね」

(そっか)

「でもみんなこうして成長していくと思うと、感慨深いな。ああ、僕も成長しなきゃいけないって気になる」

（大地くんが前向きなこと言うなんて、すごいじゃない）

「だってさ、子どもたちの前で自分が縮こまってると、恥ずかしくなってくるんだ」

（恥ずかしいって、どういうこと？）

「自分が自分を信じてなかったってことに気がつく。そんな人間が子どもたちと向き合えるわけがない。でもさ、ここから逃げるんじゃなくて、だからこそ、ちゃんと向き合える人間になろうって思うんだ」

（すっごく前向きだね。そんな大地くんを見ていると、私まで嬉《うれ》しくなる）

「美月のおかげだし」

（ありがとう）

「最近さ、いい人になりたいって思うんだ」

（いい人？）

「うん。いい人じゃないと、ちゃんと力になれない気がする。かといって子どもたちの言いなりになるとかじゃないよ」

（言いたいことはわかるよ。難しいと思うけど頑張って）

「うん」

（応援してるよ）

「ありがとう」

8　傷つけてしまったかもしれない

きのうから今日。

たった一日、日付が変わっただけなのに、〈キッズクラブ・ただいま〉の雰囲気が随分と違う。春休みになって人数が減った。新一年生が数名、早く慣れるためにとやってくる。三年生だった児童は、四年生になると留守番ができると見なされやめていく子が多い。そのぶん浮いたお金で、塾やスポーツクラブへ通わせる親が多い。

春休みのあいだ人数は減るが、子どもたちが朝からやってくるため忙しくなる。早朝七時半には預けにきて、迎えが夜の六時七時とか。それまで子どもたちは、ここにいなければならない。悪く言えば、終日ずっと大人たちに監視されているのだ。

「ぐるぐる先生、僕一人になりたい」と、四年生の高原《たかはら》風生《ふう》が言い出した。

「そうだよな」

僕も子どもの頃《ころ》は、一人でいるのが好きだったから気持ちはよくわかる。

あの頃はいつでも一人きりになれた。造船所の社宅で三階建てのアパートに住んでいた。駐車場は舗装されていなくて、アパートよりも古い昔からある松の木が三本、空に向かってのびていた。木に登っても叱《しか》る人はいなかった。手に付着した、松ヤニの匂いを嗅ぎながら東を望めば、海が見えた。白波が立ち、眺めているだけで僕を遠い世界に連れ出してくれた。夏休みには、沖に見える無人島まで船が出て、僕たちは泳いだ。その島まで泳いで渡る中学生たちは、僕たちの憧れだった。

西側には雑木林が山へと続いていた。ちゃんとした道もあったかもしれないが、僕は木の棒を振り回しながら草や細い枝を倒して獣道を歩き回るのが好きだった。

怪しげな未来を夢想しながら、その時間だけは無敵だった。

「じゃあ今日は、段ボールで、一人用の家を作ろう」

風生と約束をする。

「ぐるぐる先生がよくても、ともりんが、うんって言うかな?」

「聞いてみないとわからないだろう」

唐木先生は葉子先生や子どもたちと、玄関で飾りつけの入れ替えをしていた。新一年生を迎えるための「ご入学おめでとう」バージョンだ。

おりがみで作った、タンポポや、ちょうちょう、テントウムシや桜の花が華やかだ。

一年間の子どもたちの成長を、行事と共に写真で紹介するスペースもある。僕はまだ経験していないが、夏休みにプールへ行ったり、ハロウィンやクリスマスにはイベントがあるみたいだ。

「唐木先生」

「なんでしょうか?」

椅子の上から見下ろされる。

「あのぅ、段ボールで家を作っていいでしょうか。風生くんが、一人になりたいって言うから」

「いいですよ」

「えっ、いいんですか？」

すんなりと許可が出て、驚いてしまった。

「作りたいんですよね？」

「そうですけど、いいですかね。前にこういう施設で、段ボールの家に入れて反省をさせていたことが問題になって、ネットの匿名正義軍に征伐されていましたでしょ」

「かまいません。私も以前から一人になる場所は必要だと思っていましたから。反省するためでもいいし、物思いに耽《ふけ》るためでもいいし。段ボールは介護施設の方へ行けば、おむつの入っていたのがたくさんありますから、もらってきて下さい」

「やったあ！」

不安気に見ていた風生にガッツポーズをしてみせる。

作業を始めると興味を持った子どもたちが自然と集まってくる。子どもたちは好奇心のかたまりだ。

もらってきた段ボール箱はカッターナイフで切って、三角屋根にして高くする。内側の壁には棚をつけ、少しおしゃれに。反対側の壁には開閉可能な窓をつけた。

「あくまで、一人用だからな」と断ると、新二年生になる桃香たちが「私たちも作りたい」と迫ってくる。

ホッシーが段ボールをもらいに行って、避難所にありそうな、仕切りだけの部屋を女児たちが作る。お家《うち》ごっこに使うのだろう。みなみが随分と桃香たちのグループに馴染《なじ》んで、積極的に部屋作りに参加する。それに引き換え桃香たちのグループのはずなのに、舞弥が僕たちの方にウロウロと遊びにくる。

「舞弥ちゃんは自分たちの方をしたら。ここにいたら男子のじゃまになるよ」

そう言っても、なんだかつまらなそう。こういうのには、興味がないのかな。

切り貼りだけの家は午前中に完成して、午後からは白い紙を貼り、その上に油性ペンで自由に絵を描《か》いた。

恐竜の絵を描く子や、宇宙船の絵、カニやクジラの絵と、一人で引きこもるには少しにぎやかな外壁に仕上がった。

設置場所にまた悩む。せっかくなので、静かな場所がいいのだが、残念ながらここにはない。

「トイレの横」という意見もあったが、目が届かなすぎるし、トイレから出てきた子を脅《おど》かす隠れ場所に使われる恐れもあって却下。

玄関は人目がある。うちの子が番犬代わりにさせられていると、クレームがきそうだ。

あちこち移動させながら、低学年の部屋の隅に置くことに決まった。

最初に入るのは発案者の風生だ。

「家に入ってる時間は何分にする?」

「一時間」

「長いって」

「じゃあ、十分」

というわけで、十分に決まった。しかし決めておいてから、これってもしかして、僕が誘導して決めてしまったのではないかと反省する。子どもたちには子どもたちの時間があって、そちらを優先するべきではないか。

「早く出るのはかまわないけど、十分で足りなければ、もう五分延長することにしよう」

段ボールの家に入って扉を閉めると、それきり静かになった。一人になりたいという風生の願いはこれで叶《かな》ったのだろうか。放っておいてもあと二、三年すれば、ＳＮＳの世界にどっぷりとつかって、一人の時間なんてすっかり失われてしまうだろう。

そんなことを考えていたら、ホッシーたちの方では、なにか問題が発生したようだ。

ホッシーがなだめる声が聞こえる。

「桃香ちゃんは、そういう意味で言ったのではないからね、舞弥ちゃん」

なにか役に立てないかと話を聞きに行く。外周を囲うだけの簡単な住まいができたのはよかったが、少しせまかったようだ。桃香が、

「これって二人で住む広さだね」

そう言ってしまったのが、もめた原因のようだ。桃香とみなみ、舞弥の三人で作っていたはずだが、舞弥がすぐに反応した。

「じゃあ、私、もういい」

舞弥がすねて首を振る。束ねた髪が激しく左右に揺れる。

舞弥は桃香の仲良しグループの一人だ。

みなみはいつも遊んでいた牧村みさきが退所していなくなり、桃香たちのグループに引っ越してきた。

みなみの、誰とでも合わせられる柔軟な性格が功を奏して、桃香とみなみが急接近している。舞弥の心が穏やかであるはずがない。ホッシーはなだめようと懸命だ。

「せまくても、三人で仲良く住めばいいじゃない。うちだってせまいよ」

「ホッシーの家なんか知らないし」

舞弥は自ら仲間外れになろうとしているみたいに、意固地になる。負の感情に押し潰されようとしている。そもそもどうしてそんなひと言で、いちいち傷ついているのだろう。なんて思ったら、学童職員失格なのだろう。僕も話に加わる。

「どうしたの、舞弥ちゃん。さっきまで仲良く三人で作っていたのに」

正確ではないが、そんなふうには見えていた。

と、そのときだ。

「舞弥はなんにも、作ってないし」

桃香の厳しい声が飛んだ。そのとき玄関でチャイムが鳴り、ホッシーが立ち上がった。仕方なく僕は続けた。

「桃香ちゃん、なんにもってどういうこと？」

「だって、テレビも窓も私が作ったし、テーブルと机はみなみちゃんが作った」

ダンボールを小さく切り貼りして、部屋の備品を整えたのだ。おりがみや千代紙をカラフルに貼りつけ、油性ペンで彩ってある。

そうした細やかな作業をしていたとき、舞弥は、なぜか僕たちが作っている家を覗《のぞ》いたり、周囲をウロウロしていた。

「舞弥は、なんにも手伝っていないから仕方ない」

桃香のひと言で、舞弥の立場は決定的になった。子どもは時として残酷だ。舞弥は堰《せき》を切ったように泣き出した。

助けを求めたいが、ホッシーは誰かの保護者と話し込んでいるようで姿を消したまま戻ってこない。この僕になにができるというのか。女児に泣かれたら完全にお手上げだ。

思わずさっき作った家の中に逃げ込もうかとも思ったが、まだ順番待ちだし。

「舞弥ちゃんは、なにもしなかったの？」

まずは事実確認。

しかし舞弥は、泣くのに忙しくて答えない。そして、舞弥の涙に吸い寄せられるように、女児が集まってきて、どうしたのと責めるような目で僕を見る。

女児たちのあいだでは、泣いている方より泣かせた方が悪いという不文律がある。

「桃香ちゃん、謝った方がいいよ」

早々に謝罪を促す声があがる。

「どうして謝らなきゃいけないの」

桃香は断固拒否する。僕も謝ることではないと思う。

「どうしたの、どうしたの？」

新四年生女子が騒ぎを聞きつけて駆けつける。退屈を持て余している高学年にとって、もめごとは一大イベントだ。

「ぐるぐる先生、なにがあったの？」

「だから今、それを聞いてるの」

「聞かなきゃわからないってことは、ちゃんと見てなかったってこと？　それって職員失格じゃない」

なに言ってんだ、コイツ！

四年生女子は恐ろしい。学年がひとつ上がっただけなのに、高学年部屋に移ったとたん、それだけでなぜか態度がデカくなる。カチンときたがスルーして、舞弥と向き合う。

「だから舞弥ちゃん。泣かずに話してよ。手伝ってなかったのは本当でしょ。どうして手伝わなかったのかな。話してくれるかな？」

あとで思えば聞かない方がよかったのだが。

舞弥がようやく涙をこらえて言葉にする。

「わからなかったから」

「うん？　なにが、わからなかったのかな？」

「なにを手伝っていいか、わからなかったの。それで、ぐるぐる先生に聞こうと思ったら、忙しそうだったし、じゃまだって言われた」

「じゃまだって、誰が言ったの？」

「ぐるぐる先生」

「えっ？　僕が、じゃまとか言った？」

「うん、言った」

「ごめん。覚えてない」

「あーあ、それ言っちゃあ、いけないね。ぐるぐる先生、はい謝ってぇ」

四年生女子が、ニヤニヤしてはしゃぐ。手を叩《たた》くやつもいる。

やってしまった。これは言い訳のできないミスだ。

「ごめん。本当に、それ、ごめん」

平謝りに謝るしかない。

そうだったのか。なにをすればいいのかわからず、そうかといって桃香に面と向かっては切り出せず、僕に言えばうまく取りなしてくれると、そういうつもりで僕たちの周囲をウロウロと歩き回っていたのか。

あのときの僕は深く考えずにいた。自分たちの家のことだけで気分が盛り上がって、全体を冷静に観察できていなかった。

改めて、桃香と舞弥に向き合う。

「僕がちゃんと舞弥ちゃんの話を聞いてあげればよかったんだ。舞弥ちゃんは、なにをしていいのか聞けなくて、困っていたんだ。お願いだから、一緒にお家へ入れてあげて」

「いいよ」

桃香の返事が軽やかで嬉《うれ》しかった。さすがグループリーダー。

「随分と手こずっていましたね」

事務室で、やざわっちが声をかけてきた。

「いや。けっこうスムーズに解決しましたけど」

と、強がってみせる。

「本当ですかぁ。そんなふうには見えなかったですがね」

「まあ、正直、僕のミスでした」

「なにがですか？」

僕は改めてさっきの子どもたちとのやり取りを話した。

「同じように見えて、子どもは一人ひとり違いますからね。言わなくてもできる子、こちらから声をかけて引っぱってあげないとできない子。低学年の子には、自分と他の子は違うんだってことも、わかってもらえるようにしたいですね」

「はい。それは感じます。これくらいのことはわかってるだろうって、期待して見ちゃうせいもあるんですけどね」

「それから、自分をちゃんと表現できるようにしてあげたいです。できないでいる子には、手を貸してあげて、自分からものが言えるように」

「そこなんですよね。今日は気づいてあげられなくて。舞弥ちゃんがうろうろしていたとき、桃香ちゃんのところまで連れてって、舞弥ちゃんにしてもらうことはないか、聞けばよかった」

「自分に余裕がないときは、みんなそうですよ」

やざわっちがやさしく言う。すると唐木先生が、

「舞弥ちゃんのフォローは、ちゃんとしてあげましたか？」と、聞いてくる。

「フォローとは？」

「今度困ってることがあったら、なんでも言ってねって」

「あっ、忘れてました」

「すぐにして下さい」

　唐木先生が、厳しい目を僕に向けていた。


　気がつくと残っている児童は、安田もんだけになっていた。職員も僕と、あとは事務室で書類を作成している唐木先生だけだ。

　テレビでアニメが流れているものの、もんは、うとうとしている。唐木先生は、なるべく眠らせないようにとは言うが、かわいそうな気がする。高学年の部屋の押し入れからタオルケットを出して、背中にかけてあげると、自分がやさしい人になったような気がする。目標としているいい人に、少し近づけただろうか。

　この子ももうすぐ二年生になる。今日はぐるぐるしてとも言わなかったから、少し寂しい。はじめて味わう寂しさだ。

　きっと子どもが家にいるって、こういう感じなんだろうなと、僕は一人でほっこりしていた。僕がいて、うたた寝をする子どもがいて、そしてその向こうに……えっ？

　もんの寝息を慈しむように、美月がいた。

　美月と見つめ合う。

「会いにきてくれたんだ」

　僕は心の中で呟《つぶや》いた。けれど美月から返事はなくて、唇に人差し指を当て、静かにと合図を送って寄越《よこ》した。僕たちはただじっと、もんの寝息を聞きながら見つめ合っていた。

「ぐるぐる先生、起きて」

耳もとで可愛《かわい》い声がして目を覚ました。

「お迎えがきたから。さようなら」

「あ、もんちゃん。ありがとう」

「ありがとうじゃないでしょ、小野先生。先生が寝てしまって、どうするんですか」

あきれた顔で唐木先生が立っていた。壁の丸い時計を見ると、七時を十分ほど過ぎていた。

ランドセルと水筒を持ち、もんが笑いながら玄関へ走る。今日はお父さんだった。お母さんの負担を減らすためにと、お父さんとおばあちゃんが交代で迎えにくる。お母さんはなんの仕事をしているのだろう。入所時に提出された書類が鍵のついた棚にファイルになって並んでいるが、わざわざ見るのは気が引けた。

もんを見送ったあと、

「小野先生が居眠りしていた姿を、明日子どもたちに見てもらいましょう。きっと喜びます」

唐木先生はそう言って、珍しくけらけら笑って、天井の隅にある防犯カメラを指さした。

「それ、盗撮ですよ」

「すべては、子どもたちのために」

「ここで使いますか、それ」

もしかして、そこに美月が映っていたら。そう思うと、ちょっとだけ見たい気もした。

それともあれはやはり、夢だったのだろうか。だとしてもこれは神さまからのご褒美《ほうび》だと、嬉《うれ》しさが込み上げてきた。

窓の施錠とエアコンのスイッチの確認をすませ、荷物を持つ。部屋の電気を消し玄関へ出たとき、僕はふと思い出して聞いた。

「そういえば唐木先生、前に翼《つばさ》くんの話をしていたとき、オーナーがもう自分を許してあげたらって、おっしゃってましたよね。あれって、どういう意味なんでしょうか？」

その瞬間、下駄《げた》箱から出した靴を手にしたまま、唐木先生のすべての動きが止まった。そして大きく息を吸うと、吐くタイミングでこう言った。

「昔働いていた保育園で、事故がありました」

「どんな事故ですか？」

言ってすぐに、僕は後悔した。小さな玄関の明かりの下に、悲しみで消えてしまいそうな唐木先生の横顔があった。

「事故は……事故です」

「ごめんなさい。いやですよね。僕も妻のことを聞かれても、話したくありませんから」

「いいえ、また話すときがくると思います。話さなければいけないときが。職員はみんな知っていますし、それに、私の名前で検索すれば、いろいろ出てきます」

「僕はそういうの、嫌いなんで」

きれいに包装された包み紙を、興味もないくせに乱暴に剝《は》がして中身をさらす。そしてなんだこんなものかと放り出す。そんな真似はしたくない。

自分の胸の中にある怖さやつらさと同じものが、誰の胸の中にもあるのだ。後悔という名の箱の中に入れ、時間という包み紙でしっかりと包んでおかなければ持ち堪《こた》えられない悲しい物語が、唐木先生の胸の中にもあることは、たやすく想像できる。誰もその包み紙を勝手に引き剝がす権利などないのだ。

外に出ると暗闇の中、どこからか桜の香りが漂ってきた。

翼を見送った夜に雪が降っていた空からは、ちらちらと星がやさしく光を送っていた。悲しい人、つらい人、寂しい人、みんなに。

季節はまた変わろうとしていた。


「あの子、今日もですよね。もう三日目ですけど、あれってまずくないですか?」

お昼ご飯のときには、子どもたちのお弁当を、電子レンジで温める。そのとき目にする石田《いしだ》安珠《あんじゅ》のお弁当の内容がひどい。今日はご飯と、おかずには、スライスしただけのタマネギとゆでたブロッコリーだけ。きのうも一昨日《おととい》も似たような内容だ。

三年生の女児に、この弁当はないだろう。

「ベジタリアンというわけではないですよね」

唐木先生に聞く。彼女に問題があるというよりも、彼女の保護者に問題がありそうだ。

彼女が穿《は》いているスカートも子どもが穿《は》くには不自然で、丈が長すぎて引きずっている。母親のスカートを適当に切ってウエストをゴムで締めたような感じで、見るからに子ども用に売られている服ではない。

はじめて彼女のお弁当を目にしたときには、メインのおかずを出し忘れているのかと思い彼女に聞いた。

「安珠ちゃん、おかずも温めようか?」と。

ところが安珠は無表情のまま、首を横に振った。

「これだけ？」

「うん」

急いで唐木先生に対応してもらったが、結果は同じだった。おかずはそれだけ。とりあえずご飯だけ別の皿に移しかえて温めた。野菜には多めにマヨネーズをかけてあげた。

「いつもああいうご飯なの？」

その日の外遊びのとき、心配になって聞いてみたが、的を射た答えは返ってこなかった。

外見上痩《や》せているとかはなく、みんなと同じように鬼ごっこをしているので体力もありそうだ。しかし三日も続くと、気になるだけではすませられない。

「やっぱりへんですよね。安珠ちゃんのお弁当」

子どもたちの食事がすむと、僕たちも交代で昼食を摂《と》る。とはいえ、ゆっくりと食べていられない。僕はサンドイッチだ。他の職員も、カップラーメンやおにぎり、唐木先生は、スープ春雨と野菜ジュース。決して健康的とはいえない。

「冬休みまでは、他の子と同じように、『できたて屋』さんのお弁当だったのにね」

ホッシーが言う。安珠のことだ。

できたて屋さんは、近所にあるお弁当屋さんで、春休みや夏休みなどの期間お弁当を持たせられない子はあらかじめ予約して配達してもらう。ご飯を少なくすれば、三十円安くしてくれる。お母さんも助かるし、子どもたちの人気も高い。

「安珠ちゃんのお弁当、おばあちゃんが作ってるんですよね」

僕が知っている情報では、お母さんはおらず、お父さんとおばあちゃんの三人暮らし。おばあちゃんがいつも迎えにくる。

「今は……どうなんでしょうかねぇ」

唐木先生の歯切れが悪い。詳細までは知らないのだろう。誰が作ったにしても、おかずが生のスライスしただけのタマネギとゆでたブロッコリーはないだろう。

子育てが苦手なお母さんがいてもあたりまえだが、そこは周囲が協力して子どもを守れるようにしないと。清潔な下着、温かい寝床、体にいい食事、この三つは子どもの成長に必要だ。僕でも育児放棄という言葉は知っているが、これって、ぎりぎり引っかかるのではないか。

夕方、そのおばあちゃんが迎えにきた。おばあちゃんといっても、僕よりも若そうだ。唐木先生が対応する。

「あのぅ、安珠ちゃんのお弁当のことなんですが。どなたが作っていらっしゃるんでしょうか？」

するとおばあちゃんは、苦い薬を口に含んだ顔になる。

「この子の父親が、先月再婚しまして。たぶん、お母さんが作っていると思います。私も今はアパートで、一人で暮らしています」

「じゃあ、おばあちゃんは、安珠ちゃんと一緒に暮らしているわけじゃないんですね」

「はい。私も一人の方が気楽で」

安珠は靴を履こうとお尻をついたままの姿勢で聞いていた。

「お母さんが作っているのね？」

唐木先生が身を屈《かが》めて安珠に確かめる。安珠は黙って頷《うなず》いた。

「お弁当がどうかしたんですか？」

おばあちゃんが聞いてくる。

「おかずが、生のタマネギをスライスしたのと、ゆでたブロッコリーだけなんです。ちょっとこれでは育ち盛りの安珠ちゃんには栄養が足りないと思うので」

唐木先生も話しにくそうだ。栄養の問題でないのは明白なのだから。

「もう少し、お肉とかお魚とかをとらないと、体が強くなりませんから」

「そうですかぁ」

驚くかと思ったら、おばあちゃんは不快なニュースを耳にしたとばかりに、ふうっと息を吐く。そしてこう言い放った。

「まぁ、とはいっても、育ててもらっているだけでも有り難く思わないと」

耳を疑った。

えっ？　なに言ってんだ、このババア！　と僕は叫びそうになった。

「去年までは私が全部やっていましたから。まあ、させられていたというか。息子の世話もそれなりに大変でして。気難しくて。私としても再婚してくれてほっとしているんですよ。そこにこんなことで、波風立てたくはないですから」

こんなこと……なんだ。

わかっているのかな。これってみんなして、安珠をじゃま者扱いしているということだろ。

そりゃ現実には、おじいちゃんやおばあちゃんが必ずしも子ども向けのお話のように、孫が可愛いわけではないだろうが、これではかわいそうだ。

「だからといって、あのお弁当はないでしょう。今は冷凍食品でもかなりおいしいおかずがあります」

言ってしまった。

以前、調理師をしていたせいもあって、食を疎《おろそ》かにしているだけでも普通に腹が立つ。しかし、おばあちゃんには響かない。

「本当においしくなりましたよね。コンビニの唐揚げとか。私も好きですよ」

と、笑顔すら見せた。

「とにかくこのままだと、安珠ちゃんの健康によくないので、一度お母さんに助言していただけないでしょうか。無理なら私の方から直接お電話を」

「おかしなことをしないで下さい。また逃げたらどうするんですか」

「逃げる？」

興奮したせいか、おばあちゃんは、余計なキーワードを口走ったようだ。安珠の生みの親は、逃げたってことか。

「できるだけのことは、私の方から話しますから、勝手におかしなことはしないで下さい」

「もちろんです」

「おかしな」を連発され、唐木先生はかしこまって、深く頭を下げた。

よかったね、と、僕が声をかけても、安珠は、こんな話には興味はないとばかりに、黙って外を見ていた。たぶん彼女はもうあきらめているのだろう。こんなふうに聞き流すことで自己防衛しないと、自分が壊れてしまうと、本能的に察知しているみたいだ。

事務室に戻るとやざわっちが、話しかけてきた。

「児相《じそう》のもどかしさがわかったでしょう」

やざわっちは以前、児童相談所で心理士の仕事をしていたのだ。

「今は変わっただろうけど、私が働いていた頃は、問題を抱えている家庭や子どもがあっても、心理士なんてじゃまだって、所長のひと言で、会議からも省かれたこともあったくらいですよ。そのくせ問題は先送りするし」

やざわっちは、そのもどかしさから逃げ出した一人だと、自身を揶揄《やゆ》する。

「とにかく、家庭が絡んでくると難しいですよ。ましてや私たちは、なんの権限もありませんから。でも、家の様子を見てみたいですね。劣悪な環境でなければいいのだけど」

「僕も心配です。ちゃんと晩ご飯は食べているんですかね。今の社会って、お父さんがいる、お母さんがいる、おばあちゃんがいるってそれだけで安心してしまうけど、そうでもない気がしてきました」

「新学期になったら、学校とも連携して様子を見てもらいましょう」

唐木先生も、さすがに歯切れが悪かった。

安珠がなにかを言い出すことはないだろう。言い出したときにはもう、手遅れかもしれない。かといって家のことを無闇に詮索しても、保護者との信頼関係にひびが入る。

見守るって、いったいなんなのだろうか。僕たちはいったい、なにを見守っているのだろうか。傷つき、心から血を流している少女に、包帯すら巻けないでいる。

翌日、安珠のお弁当箱を開けて目眩《めまい》がした。

これでいいだろうとばかりに、レタスの上に、飾り包丁すらないウインナーが一本のっていた。ゆでたり焼いたりした形跡もなく、袋から出したままを一本だけ。

「なんだか宣戦布告のようなお弁当になっていましたね」

冗談半分に唐木先生に言ってみたが、冗談ではなかったようだ。戦うことはしなかったが、春休みの最終日、安珠のおばあちゃんが、「明日から安珠は、他の学童に行かせると、この子の母親が言っておりました」と、そう告げた。

「じゃあ、退所の手続きは……」

「すべて郵送にして下さい」

僕たちは安珠の母親に、一度も会うことはなかった。

そして安珠はこの日、さようならも言わずに、おばあちゃんと玄関を出ていった。四月だというのに、まるで木の枝にくっついている最後の葉っぱのように、安珠の細い背中が弱々しく揺らいで見えた。

みんなが帰ったあと、僕たち職員は、長雨にさらされた向日葵《ひまわり》のようにしょげ返っていた。

「深追いしすぎましたね」

やざわっちは、唇を噛《か》みしめる。

葉子先生は、安珠ちゃんがかわいそうと、しくしく泣いていた。

唐木先生は無言で、先に帰ったホッシーに連絡のメールを入れている。

「なんか、もう疲れました」

思わず僕は口走っていた。

「なに言ってるんですか、小野先生。まだたったの二か月ですよ」

「でもね、矢沢先生。僕はもっと楽しいかと思っていたんですよ。毎日子どもたちとにぎやかに遊んで。気分もリフレッシュされて、生きる力がみなぎってくるんじゃないかと。なのにいやなことが多くて。翼くんのこととか。そうだ、鈴音《すずね》ちゃんのことだって消化不良だし」

「鈴音ちゃんなら、小野先生よりもずっとタフですよ。よその学童で楽しそうにやってるって、花恋ちゃんが言っていました。それより、胃薬差し上げましょうか？」

「けっこうです」

「小野先生。どうでもいいですが、しんどいとか疲れたとか軽率に口外しないで下さいね。ますます働き手がいなくなりますから」

唐木先生が口止めをしてくる。

「わかっていますけど、なんだかこの国って、子どもを育てるという、いちばん根幹に関わるところに、いちばん時間とお金と愛情をかけないですよね。権力を持った老人たちは、自分のことしか考えない。壮年期の人たちは、自分のことで精一杯。若者は、自分のことすら考えずに、日々流されるだけ」

「そんなこと言ってたら、なにもできませんよ。私たちは、私たちにできることをする。そうだ小野先生。歓迎会してなかったですよね」

「そのようですね」

する気もなかったくせにと、心の中で毒づく。

「ゴールデンウイークのあたりに、ちょっと時間ができるので、小野先生の歓迎会をしましょう。和食がいいですか？　中華ですか？」

「どっちでもいいですけど、えらく先の話ですね」

「ほら、太宰治《だざいおさむ》の小説にもあったじゃないですか。お正月に、夏に着る着物をもらったから、夏まで生きようと思ったって」

「僕は、死にませんから」

「五月に目標ができたらいいでしょ」

「そんなことで力が湧くほど、若くありません」

「それでも、私に向かってボヤくより、ずっと健全でしょ。とにかく今、誰かにやめられたら困ります。というわけで、お願いしますね」と、唐木先生が本音を漏らす。

お願いが、歓迎会の話なのか、やめるなよという話なのかわからなかったが、そこにいた職員全員、「はい」と頷いていた。

☽

（大丈夫かな、大地くん？）

「どういうこと？」

（とても疲れているみたい。今の仕事もやめちゃうんじゃないかって、心配）

「やめたりしないよ」

（あのさ……）

「なに？」

（もしも私のことが重荷になったら、言ってよね）

「なるわけないよ」

（まだ出会いとか、あるかも）

「ないない」

（でも、しんどいとか言いながら、なんか最近、楽しそうだよね）

「それはあるかも。今日も思わず、唐木先生に、僕は、死にませんからって口走ってた。すぐそのあとで、あれっ、僕は死ぬつもりじゃなかったのかって、思い出した」

（いいんだよ、それで。でも、そんな大地くんを見てると、よかったねって思う私と、なぜかモヤモヤしている私がいるんだ）

「いいよ。どっちの美月も好きだから」

（本当に？）

「うん、本当だよ」

（じゃあ、キスして……）

9　手に負えない子

桜の花びらが舞い散る中、ぐるぐる先生のニックネームはそのまま引き継がれ、無事に新年度を迎えた。

二か月の経験のおかげで、二十人あまりの新入生の顔と名前は思っていたよりもスムーズに覚えることができた。まず目立つ子どもの名前を覚え、次にその子といつも一緒にいる子どもの名前を覚える。

それにしても新一年生を見て思い出した。高校の倫理社会で習った誰かの言葉。「人間は教育されてはじめて人間になる」。そんなふうな言葉。

おりがみがうまく折れないというだけで、号泣する女児。一時間以上泣き続ける彼女はそのくせ、そばにきて慰めてほしい人を選んでいる。僕が行くと、「ちがう」とか、意味不明な言葉と蹴りで追い払おうとする。

カバンを投げる子。いきなりキックをしてくる子。うんこを連呼する子。帽子の中に葉っぱを詰め込んで帰ってくる子。雨も降っていないのに、靴下がびしょ濡《ぬ》れの子。きわめつけは、漏れそうになったおしっこを（実際には我慢できなかったのだ）ハンカチで受け止め、これ洗っといてと僕に渡す子。

とはいえ、気持ちがいいのはやはり、「ただいま」の声だ。

一年生の子どもたちは、車を降りたときから、ただいまと言う準備をして入ってくる。玄関のドアのガラスが割れそうなくらい響く。

これが二年生になるとお喋《しゃべ》りをしながら入ってきて、ついでのようにただいまを言う。

三年生になると、半数は黙ったまま、残りは疲れたと言いながら入ってくるのだ。

それでも、「はあ、疲れた」と言ってランドセルを置く子に、「どうして疲れたの？」と話しかけ、今日あった出来事を聞くのも、大切な仕事のような気がしてきた。

子どもたちのストレスは様々だ。せっかくの遠足が雨になり、中止にすればいいのに決行。とりあえず目的地までバスで行き、バスの中でお弁当を食べて帰ってくるとか、教育現場だから起こりがちなばかばかしい話も聞く。学校という組織のストレスの受け皿が、子どもたちなのだという恐ろしい事実に気がつく。

「クラスに困った子がいて、いつも頭を叩《たた》いてくる」

と、二年生の川崎念《かわさきねん》が訴えてきた。

「どうしてその子は頭を叩くの？　先生には言ったの？」

「先生は、その子は、障害があるから、我慢して、やさしくしてあげようねって言う。障害がなかったら、叩いたら怒られるのに、その子は怒られないの。おかしくない？　人に頭を叩かれるって我慢しなきゃいけないことなの？　子どもだと思ってなめんなよって感じ。先生の言ってることおかしいよ」

「そうだよな。おかしいよな」

それはたぶん、この子たちが学校では発せられない疑問なのだろう。その疑問を先生にぶつけても、先生だって答えられない。下手《へた》すれば翌日から無視される。

「やっぱり、我慢するしかないよ」

念の隣で答えたのは、同じクラスの大陽《たいよう》だ。大陽は空手をやっているから、精神的に強いのかもしれない。

「僕には無理」

念の我慢できない気持ちを、僕は聞いてあげることしかできない。


座って宿題をしていたはずが、二年生の純《じゅん》は突然他人《ひと》の消しゴムを持って走り出す。髪の毛は頭の後ろ半分を刈り上げ、前髪は目を隠すように長く垂らしている。今日は特攻服を着ている。

「純くん、消しゴム返してあげて」

「つかまえてみて」

ここで追いかけると、喜んで追いかけっこに持ち込もうとするから要注意だ。特に男対男というのは、闘争本能を煽《あお》るような、なにか興奮させるものがあるみたいだ。

かといって放っておくと、違う子のノートに落書きをしに行く。

「葉子先生、お願いします。ほんと、困った子ですよ」

「小野先生、今は困った子と言ってはいけないんですよ」

「そうなんですか？」

「困っている子なんです」

「そんなふうには見えませんが。こっちが困っているんですけど」

純はヘラヘラと僕を見て笑って、わおーと叫んで跳びはねている。

「ぐるぐる先生。そいつうるさい、なんとかして」

当然周囲の子どもたちから苦情がくる。

「純くん、静かにしてくれるかな。みんな宿題してるし」

すると純は笑顔のまま、「わかってるよ」と言うのだ。

お前、おちょくってんのかと、昭和の時代なら叫べたのだが。

「わかってたら、やろうよ」

僕が近づこうとした瞬間、ダダダダーっと走って行く。そして向こうのカーテンの陰に隠れて、追いかけておいでと、誘うような目でこっちを見ている。

仕方ないと言う人もいるかもしれないが、毎日付き合っていると、かなり意図的に動いているのがわかる。自分が快感に思うことに対して、まっすぐに、最短距離で動く。

念がいやがっているのも、たぶん純のような男児なんだろう。

とにかく羽交い締めにして抱きかかえ、席に戻す。これもひとつ間違えば、児童への虐待だ。

「遊ぶのは、あとにしようね。まずは宿題をやりましょう」

すると、

「そうだね。宿題しなきゃいけないよね」と、すまして答えてくる。

「はぁ……。じゃあまず、プリントを出して。漢字ドリルもあるんじゃない？　今日はどこ？」

「先生」

「なに？」

「先生がうるさくて、宿題ができません。あっちへ行って」

ここで、ふざけんなバカヤローと言ってはいけない。

「じゃあ、向こうへ行ったら、宿題するね」

「ははは。先生ばかなの。一回言ったら覚えて」

黙って離れる。

もちろん、三十秒も経《た》たないうちに、隣の子のノートに落書きをしたり、鉛筆の芯で腕を突いたりしてまた騒ぐ。

「純くん、さっき約束したばかりだよね」

「なんの約束？」

「宿題するって」

「だって、先生が教えてくれないから、できないんだよ」

「はぁっ？」

言葉だけはなぜか、次から次へと出てくるから不思議だ。正直一度頭の中に入ってみたい。

「教えるってなにを？　だって、それは、漢字を写すだけでしょ」

「ねえ、先生」

「なに？」

「奥さんて、巨乳？　ははははは」

「そんな話、してないよね。先生の言うこと聞いてる？」

「ママの言うことなら聞く」

もう黙って離れるしかない。ちなみに、困った子じゃなくて困っている子とか言っている葉子先生も、ホッシーやざわっちですら、純とは絡もうとしない。

いつまでもダラダラと宿題をするから、四時間以上経ってお迎えがきたことで、終わらないまま時間切れになる始末だ。

純も新学期から学校でタブレットを使うことになった。当然ゲームで遊んでいる。学校ではどう対応しているのか、同じクラスの子に聞いたけど、先生はほとんど純の存在は無視しているようだ。

キッズクラブの場合、そういうわけにはいかない。放っておくと危険が伴うのだ。見ていなかったではすまされない。さらには、どうしてうちの子は宿題が終わっていないのかと、親からクレームがくる。

宿題をすませた順に、みんなそれぞれ遊びはじめる。ブロックで遊ぶ子。バトルで取っ組み合う男児。ダンスやけん玉。そうしたざわめきが、また純の本能を刺激するのだ。

突如「わああああー」と走り出してきて、バトルに参戦。予期せぬ純の攻撃に、目を突かれたり、頭を叩かれたり、腹を蹴られたりする。

家で喧嘩《けんか》の仕方を教えられているのではないかと、疑いたくもなる。それを試してみたいのかもしれない。

またつかまえて話をする。

「ねえ、純くん。危険ってわかるかな？　目を狙ったら危ないだろ。目が見えなくなったらどうするの？　取り返しのつかないことになるよ」

返事はない。

「危ないって、わかるかな？」

無言。視線はあちこちをさまよう。

「あっ、先生。今ゆうくんが、ぼくを見て笑った。叱《しか》ってやってよ」

「あのね。今、ゆうくんの話はしてないよね。危ないっていうのが、わかるのかな？　わからないのかな？　教えて？」

「先生、宿題したいんだけど」

「してないだろ」

語気が強くなる。すると純は、

「ママー、助けてー」

走り去っていく。

結局まともに、会話が成立しないのだ。

しかし彼の言葉は、まんざら嘘《うそ》ではなかった。

ある日学校から帰ってくるなり、純が脇目もふらず宿題に取りかかった。

「おっ、純くん。すごいじゃないか」

心を入れ替えたのか、もしかして、日頃の声かけが、やっと実ったのかと、ひそかに心を熱くしていたのだが、ちょうど宿題が終わった頃《ころ》、純の母親が迎えにきた。

「宿題は、終わった？」

「うん。ママ、時間通りにきたね」

本当に、ママの言うことなら聞くのだ。なら僕が言うこともきっと理解しているはず。

しかし残念だが、翌日からはまた同じペースに戻った。

純のママのお腹《なか》が、新学年になってから目立ってきた。

彼女は確か、純と二人暮らしのシングルだったはずだ。お腹が目立ってきたのと呼応するように、イトウという男性が純を迎えにくるようになった。

「今日は帰ってから、イトウくんとゲームをするんだ」

そういう日は、比較的暴れることはない。けれどパパと呼ぶこともないし、どこからも籍を入れたという話も聞かない。事情がはっきりしないうちに、お腹は大きくなっていった。

純が乱暴なせいで、みんな彼とは遊びたがらない。いつも相手をしているのが、一学年上の紀平藤太《きひらとうた》だった。

この児童も困っている子だ。

三年生でいまだ、靴を下駄《げた》箱に入れる習慣が根づかない。宿題のドリルは忘れてくるし、そもそも、家に忘れてきたから、なにをしていいのかもわからない日がある。担任の先生もあきらめている。

「宿題は何ページって、紙に書いてくれないの?」と聞くと、「僕はポンコツだから」と言う。

「誰がそんなことを言うの?」と聞くと、「先生」と答える。それを裏づけるように、教科書にもポンコツとか、ばかとか書き殴ってある。

しかしポンコツなのに、学校から貸し出されているタブレットは見事に使いこなす。自分の変顔をいろいろ撮って、別に奇声を録音し合成する。声の質やスピードを変えて、他の子に披露しては笑わせている。

絵を描《か》く機能を使い、キャラクターを創り、簡単でくだらないストーリーを創る。おばあさんのバッグをひったくって逃げる犯人が、木にぶつかって、上から巨大なうんこが落ちてきて窒息死する。

声も藤太が「キャー、誰かつかまえてぇー」と入れる。

藤太に関しては、あの子は注意深く物事を運べなかったりきちんと整理できないところなど、典型的なアスペルガーで野口英世やマイクロソフトの創始者ビル・ゲイツもそうだ、とやざわっちは言う。とにかく物をなくすのには母親もいい加減困り果てたようで、「どうして手袋をなくすの」「いくつ帽子を買ったと思ってるの」と、冬のあいだ口癖のように言っていた。

宿題のプリントを捜し出すのにも、ランドセルの中身を一度全部放り出さなければいけない始末だ。

もちろん宿題をなかなか始めようとしない。こちらの話は聞かない反面、すぐに悪ふざけをしかけてくる。注意されていることを喜びに感じ遊びに変えてしまう。

例えば立ち歩いているのを、「はい、自分の場所に戻って」と担ぎ上げて運ぶと、バトル遊びの感覚で、またすぐ逃げ出す。目をキラキラと輝かせ運んで運んでと、まるでボールで遊ぶ子猫のようだ。またその様子が可愛《かわい》くて、こっちまで楽しくなってしまうから困るのだ。

「どのような場合でも、悪気はないんだ、という言葉を唱えつつ対応して下さい」と、矢沢先生からは言われた。

「おはようございます」と、事務室へ入って行くと、みんなしーんとしていた。

ちょうど唐木先生が窓際で電話をしていた。経験的に、彼女が窓際に立って話をしているときは、いい話ではない。

「確認して、またご連絡させていただきます。……えっ？　嘘を言ってるだなんて申しておりません。ただ子ども同士のことなので、まずはちゃんと本人たちの話を聞いてみませんと……」

ホッシーは、来月が誕生日の子のプレゼント用に、パソコンから写真をピックアップして印刷している。他の職員は床に座り込んで、もう五月の鯉《こい》のぼりをおりがみで作っている。

「謝罪ですか？　はい、わかっております。もちろんです。なにしろ二人とも仲良しなので、なるべく亀裂が入らないように」

ようやく唐木先生が電話を切った。

「ずっと謝っていましたね」

僕が聞いても、唐木先生はすぐには答えなかった。とりあえず、動揺か怒りかわからないが、心を落ち着かせ整理している。

「誰か、純くんと藤太くんが言い争っているのって聞きましたか？」

みんな首をかしげた。

「争っているのか遊びなのか、男子の場合、よくわからないですよね。よほど言葉が汚い場合には私も注意しますけど、たいてい他愛《たわい》ない言い合いで、マウンティングの一種ですよね。おれの方がおまえより上だぞと、毎日、なにかしら闘っています。攻撃する力と成長する力は紙一重だし、一律にやめさせるのもどうかと思います。それで、なにがあったんですか」

やざわっちが、代表して聞く。

「今、純くんのお母さんから電話があって、純くんが藤太くんから、ひどいことを言われたそうです」

「それもうちの問題なんですか？」

僕は驚いて口走っていた。そういうのって、個々の問題じゃないんだ。

「まあ、純くんが言うのには、学校ではなくここで言われたそうです」

「たぶんあれですよね」

ホッシーが言う。

「彼ら二人だけじゃないですけど、車の中でも男子はよく、退屈してからかい合いとかしてますからね。はじめはじゃれ合いみたいな感じで、だんだんとエスカレートして、帽子を取って投げたり、やり過ぎると喧嘩になっちゃいます」

「それで、なにを言われたんですか？」

やざわっちが聞く。

「純くんのお母さん、今お腹に赤ちゃんがいるでしょ。そこで藤太くんは、おまえのお母さんのお腹を蹴ってやろうか。そうしたら赤ちゃん、死んじゃうからなって、言ったそうです」

「そんなことを」

葉子先生は驚いているが、やざわっちは苦笑いを浮かべ、まいったねぇと、おじさんのように頭を掻《か》く。

「それで謝れって、言ってるんですか？」

「そうです。子どもから話を聞いて、自分が傷ついたから、藤太くんが直接、自分と純に謝ってほしいと」

「それってどうなんですかね」

いつもの純の態度も加味されて、僕はむっとした。

「だって、そもそもそういう喧嘩にはルールはないわけだし。僕に言わせれば、親に言いつける方がずるいですよ。まあ、純くんはいつも、ママーって言ってますけどね」

しかし本当にママに言いつけるとあっては、こちらも油断できない。個人的に攻撃を受けるだけならともかく、話が大きくなれば、この施設や他の職員も攻撃の対象となる。

「理由はともあれ、妊婦さんのお腹を蹴るなんて、発想からしてとんでもないことです」

唐木先生はずっと眉間に皺《しわ》を寄せたままだ。やざわっちの方が冷静だ。

「しかし、逆に考えれば、藤太くんは、それをやっちゃいけないってことがわかってるってことですよね。言葉で傷つけ合うゲームの中で、最強のカードを切ったってことです。藤太くんもお母さんのお腹に妹さんがいたときには、お腹を蹴ったり叩いたりしちゃいけないってさんざん注意されただろうし、それがベースになっているんでしょう」

「だからといって、許されることじゃないですよね」

「でもこれから学んでいくことですよ。相手がどれだけ傷つくかその度合いを理解するのは、九歳くらいで。アスペルガーの場合、さらに三年くらいかかりますから、温かく見守ってあげないと」

「それはあくまで理屈でしょ」

やざわっちが助言のつもりで言っても、唐木先生はどう問題を解決すればいいか、それだけで頭がいっぱいのようだ。

「とりあえず、謝っときゃいいんじゃないですか」

僕が言ったとたん、

「だから男の人は駄目なんですよ。謝る謝らないの前に、どうやって誠意を見せるかです」

やざわっちが、たしなめるような目で見た。

「ああ、僕はないですね、誠意とか」

やけくそで言うけど、これは本心だ。それよりも、だから女はって言うのはセクハラで、だから男はって言うのはセクハラにならないんだ。

「いや、でも、やっぱりへんですよ。だって、本当にいけないことだと思うなら、まずは自分の子どもに、人を傷つけることを言ってはいけないよ。ましてやそれを、遊びにしては駄目だって、きちんと教えるべきですよ。そのあとで直接相手の親と連絡を取って、おたくの子とうちの子がこんなことを言い合っていましたけど、お互いに気をつけましょうねって。そう話をするのが大人の対応じゃないですかね」

「それは理想です」

唐木先生が言うと、

「それに小野先生。親だって、発達障害や愛着障害を持っていたりしますからね」

やざわっちは言う。

「親も……ですか」

ふと石田安珠《いしだあんじゅ》のお弁当を思い出す。この前お迎えに行ったとき、小学校の校庭で安珠と会った。「元気かい？」って声をかけたら、「元気じゃない」とまっすぐに返事が返ってきた。その瞬間、様々な言葉が頭に浮かんだ。

「どうしてなの？」「いつでも遊びにきて」「ちゃんと食べてる？」「相談相手はいるの？」

僕は結局声をかけられずに、彼女の背中を見送るしかなかった。五十八年も生きてきて、子どもにちゃんとした言葉のひとつもかけられない自分に、愕然《がくぜん》としたのだ。

「それじゃ、純くんと藤太くんのことは、矢沢先生と小野先生にお願いしますね」

唐木先生がまさかの丸投げ宣言。

「いやいや待って下さいよ。矢沢先生はわかりますが、小野大地先生は役に立たないでしょ。大地ったって、猫の額ほどの大地ですから」

と僕は言った。

「ふざけてるんですか？」

「いや、自分のことはよくわかる気が……」

「私は今日、五時から会議で、介護施設の方へ行きますので。頼みましたよ」

「わかりました」とは答えたが、やはり職務を遂行する自信はなかった。

宿題が終わる前にすませたかったので、純と藤太が帰ってきてすぐに二人から話を聞くことにした。まだ高学年の姿はないので、ランドセルを置いてから高学年の部屋にきてもらう。

二人は今日もにぎやかにじゃれ合っていた。この笑顔を見ていると、これから僕たちがやろうとしていることにどういう意味があるのか、わからなくなる。

「ねえ、やざわっち。もうすっかり仲良くなっていますよね。ほっといたら駄目なんですか」

「アスペルガーの傾向のある子は、相手の気持ちがわかりにくいだけじゃなく、自分の気持ちや感情も自覚されにくかったりするんです。例えばさっき意地悪した子に、平気で定規貸してとか言いに行ったりします。言われた方は、なんなんだこいつって、さらに気持ちをぐちゃぐちゃにされる。だからそうした子には基本的な生活習慣や生活態度に関して、繰り返し教えていくしかありません。こういうことを言われると、相手はこういうふうに感じるんだよ。それはいけないことなんだよって」

「大変ですね」

「そうですよ。藤太くんのお母さんは、大きくなればそのうち、よくなると思ってるかもしれないけど、忘れ物など、かえって増えることもあります」

「また靴を、下駄箱にしまい忘れていますよね」

三年生にもなれば、たいてい帰ってきて靴を脱いで下駄箱にしまうという行為は、一連の流れとなって記憶されているが、藤太はそうではない。

「大事なのは、自分のそうした特質を知って、社会の中でうまく適応できるように、対策を考えていくことなんですがね」

「ああ、この前テレビで見ました。スーパーマーケットで品出しをしている店員さんが、私は話をするのが苦手ですって、札をつけて仕事をこなしていました」

「ですから今は、あまりあの子たちに成果を求めないで下さいね」

そして、予期していたことではあったが、純と藤太への話は、あまり要領を得ない展開のまま終わってしまった。

人を傷つけることを言ってはいけないとはいうものの、傷つくという感情を、どこまで具体的にわかっているのかもわからない。言葉が少ないぶん、ダイレクトに傷ついているかもしれないし。悔しいけれど、どこまで考えても僕なんかにはわかってあげられそうにない。

「お腹の中にいる赤ちゃんが、死んじゃうよなんて言われたら、すっごくいやな気持ちになるだろ。わかるよね」

そう藤太に話しても、

「だから言ったんだよ」

と返ってくる。悪口の言い合いをしているのだから、相手を傷つけようとするのは当然のことなのだ。誰だって自分の持っている知識を総動員させる。

「だけど、悪口の言い合いはよくないことだろう」

と言っている自分の言葉を、僕自身まったく信用していない。

「どうしてよくないの？」

「人が傷つくから」

「ええっ、純くん傷ついた？」

藤太に言われたとたん、純はケラケラ笑い出す。

「純くん！　どうして笑うの？」

「だっておかしいもん」

ああ、もうついていけない。純はただ単に母親から、関心を持ってほしかっただけなのかもしれない。これを話せばママがこっちを向いてくれると、本能に近いところで察知していたのだろうか。

「とにかくいけないものは、いけないんです」

やっとやざわっちが助けてくれた。

「悪口の言い合いは、これからは絶対にしないこと」

「はいはい」と、純が言うと、

「はいは一回」と、藤太が受ける。

彼らにとって僕たちの言葉は、意味を持たないのか。ただ刺激を与えるだけの信号でしかないのだろうか。虚《むな》しくなる。

「こういうやり方しかないですから」

歓声をあげ子どもたちが走り去ったあと、やざわっちが言う。

「あとは、いいところを褒めて伸ばしてあげる方が、あの子たちの将来を考えると大事です」

「タブレットを使いこなしているのとかですか?」

「そうですよ。小野先生はあそこまでできないでしょ」

むろんできない。それどころか、インターネットのことで彼らに質問をすると、大人なのにそんなこともわからないのかとばかにされる。

「それよりも私が心配なのは、あの子たちの繊細さです」

「えっ、あれで繊細なんですか？」

「打たれ弱いというか、一度でも本気で罵倒《ばとう》されたら、それきり立ち直れなくなります」

「そうですか。人の話なんて、どこ吹く風って感じですけどね」

「大変なのは、中学生になって周囲との違和感が際立つようになってからでしょう。とにかくもうひと仕事、問題は親ですから、頑張りましょう」

いやぁな予告を残して、やざわっちは宿題を見に行った。


子どもの喧嘩に親が出たがる時代なのか、それとも親が出ないといけない時代なのか。

夕刻六時三十分。玄関には純と妊娠中のお母さん。そして藤太とお母さんが揃《そろ》った。

介護施設に頼んで個室を用意した方がいいだろうかという話もあったが、あまり大げさにしない方がいいのではと、唐木先生が判断した。

そしてさすがにここは、やざわっちに対応してもらった。僕はキッズクラブにきてまだ三か月だ。一年生のときから二人を見ている矢沢先生の方が、保護者も聞く耳を持つはず。

藤太のお母さんは、いつも快活な人で、息子の忘れ物癖にも、「何度言ったらわかるの」と、あきれながらも明るく努めている。

純のお母さんは手の甲にまでタトゥーが入っている。やざわっちに言わせると、タトゥーを入れる人やピアスの穴をたくさん開ける人は、それくらいの痛みを伴わないと、生きている実感が得られないのだという。人間の強さと弱さはメビウスの帯のように見えたり隠れたりして現れるのだろう。謝罪を求めるという行為自体が、強い人間の証明でもあり、弱い人間の証明でもある。

藤太のお母さんは、純の母親を見るなり、深々と頭を下げた。

「うちの子がとんでもないことを言ってしまい、申し訳ありませんでした。なんてお詫《わ》びを言っていいのか。ちゃんと言い聞かせますので、許してあげて下さい」

僕もそうだが、やざわっちもひとまず胸をなで下ろしているはずだ。ここで口論にでもなれば手に負えない。下手をすれば、二人の顧客を失うことにもなる。

「いや、わかってくれたらいいんですよ」

「藤太、あんたね、これはもう大人なら犯罪だからね。つかまるんだよ。ほら謝って。ごめんなさいって」

藤太は純の母親に、ごめんなさい、と素直に頭を下げた。お母さんの表情から、宿題を忘れたことより、傘の骨を折ったことよりまずいと察したのだ。藤太なりに反省しているのだろう、かしこまった顔でお母さんの後ろに控えた。

「うちの子どもにも謝ってもらえますか？」

勢いを得たのか、純の母親が言った。

「もちろんです。ほら純くんに謝りなさい」

「いやいや、それはおかしいでしょう」

やざわっちの後ろから、僕は思わず口走っていた。ゲップであれ言葉であれ、一度口から出かかったものはしょうがない。全部出してしまえ。

「もともと子ども同士の口喧嘩なわけですよ。ねえ、お母さん。聞くと、純くんの方からふっかけていったわけで、それをお母さんに言いつけるとか、そっちの方がルール違反ですよ。ましてやここで謝るとか謝らないとか、それはないでしょ。間違ってますよ」

「小野先生！」

やざわっちが慌てて振り向き、鬼の形相で僕を睨《にら》んだ。

僕は止まらない。

「ねえ純くん。藤太くんに謝ってほしい？」

「ううん、ぜんぜん」

「ほら」

「小野先生、いい加減にして下さい。ここは自分の意見を主張する場所じゃありません」

「いい加減にしますけど。これ以上謝らせる必要はないと思います」

それでもお母さんに促され、藤太は謝った。

純の母親は、僕を睨むと息子の手を強く握り、さっさと駐車場へと向かった。僕は藤太のお母さんにも言いたいことがあった。

「お母さん、僕は思うのですが、藤太くんが気をつけなければいけないことは、今回みたいに、ああいう子に巻き込まれて問題行動につながっちゃうことだと思うんです。純くんは純くんで、危険を察知するセンサーがとても弱くて心配ですが。あの子のお母さんには、さすがに言えなかったですが」

「あれだけ言えば充分ですよ、小野先生。きっと唐木先生に、クレームが行きますから」

「いいですよ。別に誰に遠慮して生きてるわけでもなし。それに僕なりに、すべては子どもたちのためにだと、肝に銘じてやってますから」

やざわっちは、僕の主張など無視して、藤太のお母さんに、すみませんでしたと謝る。

「いえ、この子のためにみんなが一生懸命に考えてくれるので、有り難いです」

やざわっちは僕には注意したくせに、お母さんの言葉に勢いづいたのか持論を展開しはじめた。

「私もひとつ心配なのは、藤太くんが中学生になって先生やクラスメイトから頭ごなしに怒鳴《どな》りつけられたりしたらどうなるかです。へこんじゃって、萎縮しちゃうとよくないから」

するとお母さんが急に困った顔になった。

「そうなんです。今もじつは、一人で登校してるんです」

「そうなんですか？」

普段の元気いっぱいの藤太からは、想像できなかった。

「以前、朝の集団登校のときにふざけすぎて、六年生から思い切り叱られたんです。そうしたら、それきり集合場所に行くのもいやがって。怖いって言うんですよ」

「そうですか。集団登校を無理強いする必要はないと思います。とにかく今の藤太くんに大事なのは、自分の好きをのばすことと、基本的な生活習慣を、きちっと身につけさせることです。まだ靴を片付けるの、忘れちゃうよね」

「妹たちにも、ばかにされるんですよ」

お母さんが言ったとたん、やざわっちの顔が、カウンセラーの顔になった。

「それはよくありません。妹さんたちに、注意をしてあげて下さい。お兄さんをばかにしてはいけません。家族全体のバランスを考えたとき、誰かをばかにするのは、絶対にやってはいけないことです。その子が家族の負のエネルギーを、一手に引き受けて犠牲になってしまうことがあります」

「そうなんですか。これからは注意します」

「いえ、こちらこそ。勝手なことばかり申し上げて」

「これからも、相談に乗って下さい」

黙って帰ってしまった純と比べ、藤太は大きな声で、さようならと帰って行った。

数日後、やはり純の母親からクレームがあったようだ。

「小野先生。純くんのママに、なにを言ったのですか？」

出勤すると、あきれたような声で、唐木先生が出迎えてくれた。

「その前に、タイムカードを……」

「我慢できなくて、電話してきたそうです」

「じゃあ、なにを言ったのか、僕に聞かなくても、知ってるじゃないですか」

「小野先生！」

「でもあれでは、藤太くんが……」

「子どものことじゃありません。お母さんを追い込んでどうするのですか。お母さんのストレスを軽くすることも大事なんですよ」

「じゃあ、子どもを追い込んでも、いいのですか」

「子どもは子どもで、またフォローしますよ。あまり余計なことはしないで下さい」

その瞬間、心の中に裂け目ができ、なにかが吹き出してきた。

「余計なことって、それはないでしょ。僕だって、子どもたちのためになにが最善なのか、いつも考えているんですよ。悩んでいるんです。子どもたち一人ひとりの未来が、少しでもよくなるようにと。この〈ただいま〉の箱の中に一緒にいる限り、僕はみんなを大事にしたいんです。いや、ここでしか一緒にいられないから。藤太くんにはどうすればいいか、純くんには、どう話しかければいいか。少しでも一緒に成長したいから。僕は誰がなんと言おうと、子どもの味方です。唐木先生は以前、僕にこう言いましたよね。考えながら仕事をして下さいと」


「そうでしたね」

唐木先生は静かに頷《うなず》いた。

僕の方が感情的になって、喋っているうちに、なぜだか泣きそうになっていた。怒った振りをしてみんなに背中を向ける。

「私は藤太くんのお母さんが言ったことの方が気になりました」

矢沢先生が口をはさんだおかげで、注目されずにすんだ。

「なにがですか？　矢沢先生」

「藤太くんには二人妹がいますが、藤太くんのことをばかにするそうです。藤太くんがお腹を蹴ったら赤ちゃんが死ぬって言ったのは、妹たちの存在を否定したい気持ちが潜在的にあって、その表れなのかもしれません」

もちろん家族の底にたまる感情の澱《おり》までは、他人にはわからない。

「妹たちが、生まれてこなければよかったってことですか」

「はい。藤太くん、四月になってからチックのような症状がありますし」

「チックなら僕もありましたよ。顔面や肩がひどく痙攣《けいれん》するというほどではありませんでしたが、急に口を大きく開けていました。わっ、て感じで」

　僕は気を取り直して、話に参加した。

「小野先生がですか？」

　唐木先生の声ではあったが、他の職員たちも同意見のようで、いっせいに僕を見た。

「いったい僕って、どう見えているんですか」

「自由なおじさん」

　ホッシーが言うから、みんな大笑いになった。

「いつの話ですか、それ？」

　やざわっちが、興味深そうに聞いてくる。

「小学四年生だから、昭和……」

「そこは要らないです」

「そうだ。転校して、いじめられてたんです。アダチってやつに。忘れないものですね、そういうやつの名前って」

「へえ、いじめですか。それでどうやって、いじめから脱出したんですか？」

「殴ってやりました」

「あちゃ」

「でもそうしたら、僕の周りに人が集まってきて、グループができて、残りの小学校生活を楽しく過ごしました、とさ」

「今の時代、あまり参考にはならないですね」

「中学生になって、いきなり刺すよりマシでしょ」

「はあ」

「それに、チックの症状も病院へ行くこともなく治まっていました。これは僕の持論ですけど、誰だってみんな生まれつき、相当なエネルギーを持っていると思うんですよ。肉体的にも精神的にも。ここだってそうじゃないですか。学校での一日を終えて、宿題して、外で鬼ごっこやドッジボールして、また六時半から椅子取りゲームしてるじゃないですか。そのエネルギーはないことにはならない、どこかにぶつけていくものだと思うんです。心のエネルギーだってそうです。今の社会はそのエネルギーをどうやってうまく処理して、ないものにしてしまえるか。そんなことばかり考えている気がします。そのせいで、だんだんと社会から、元気がなくなっている。ときにはトラブルは必要です」

「ここではやめて下さい。じゃあ、これを書いて提出して下さい」

唐木先生が表情を歪《ゆが》めて紙を差し出した。

「作業向上報告書……って、なんですか、これ？」

「まあ、始末書のようなものです。形式だけのものです」

「もしかして、これで、降格したりして」

「これ以上、どこへ降りるつもりですか。小野先生」

「確かに降りる場所がないですね。あはは」

「ですよね」

唐木先生が珍しくニッコリと笑った。

「ねえ、最近の僕って、どう？」

（なに、その奇妙な質問）

「今日、葉子先生から、ここへきたばかりのことを思うと、随分変わりましたねって言われた。最初の頃は無理して明るく振る舞ってる気がしたって」

（確かに元気になったし、自然な明るさになった）

「もともと明るかったから」

（それは軽率と勘違いしてるよ）

「美月に言われるかなぁ。それでさ、小野先生、恋人でもできましたかって聞かれて、すぐに美月の顔が浮かんで、そうですよって答えてた」

（ありがとう）

「だからこれからも、ずっとこうして、会いにきてよね」

（それは……ごめん。わからない）

「どういうこと？　ねえ、美月……」

（わからないって、こと……）

10　女児が女子に変わるとき

「ぐるぐる先生、ままごとしよう」

三年生になった向畑弥生《むこうはたやよい》が誘いにきた。

いつも遊んでいる三年生仲間が、みんな帰ってしまったのだ。弥生はままごとが好きで、二年生のときも、何度か相手をした。親がおしゃれなのか、スカートが多く、よく新しい服に替わる。

正直ままごと遊びは好きではない。即興でセリフを言わなきゃいけないのと、相手の指示に従わなければならないからだ。

弥生のままごとは、まずシチュエーション作りから始まるから、面倒だ。

「今日は新しい家に引っ越すから」

長い髪を掻《か》き上げながら弥生が言う。緑のブロックで床を組み立て、そこに細かなブロックを嵌《は》め込み、好みの部屋にしていく。ちゃんとレンジの部品もある。さらに僕なんかが、指先で扱うのも困難な小さなフライパンやトースターもある。

つらいのは、ままごとといっても、ほとんど僕の出番がないことだ。

「ここはなんの部屋?」「窓はどっち?」「玄関はどこ?」と、彼女の創作意欲に刺激を与えるのが僕の役割。

「ここはなに？」

「お風呂」

「こっちは？」

「ダイニング」

とはいえ、子どもの日常生活が垣間《かいま》見えるのは楽しい。

「ところで弥生ちゃん。僕はいったいなんなの？」

この前、春休みにままごとをしたときには、確か犬の役を仰せつかった。しかも室外で飼われて、ほとんどお座りの状態だったが。

ところが今日の弥生は、ちょっと照れくさそうに、「夫婦」と言った。

ほう、すごい出世だ。人間になれたばかりか、夫なのだ。

部屋が完成すると、いきなり食事になった。

「今日の晩ご飯はなんですか？」

僕が尋ねる。

「ピザを注文します」

ぴっ……ピザかよ。味噌汁《みそしる》飲もうよ。インスタントでもいいからさ。

「どのピザにしますか？」

弥生が本格的に作られた縮小版のメニュー表を差し出すが、字が小さすぎて読めない。

「任せるよ」

「じゃ、私が決めるね。3種類のチーズミックス。照り焼きチキン。そうだこれも、タコとバジルのガーリックトマトソース」

頼み過ぎ。胃がもたれそうだ。

そして食事が終わると彼女は言う。

「じゃあ、私、シャワーを浴びてくる」

なぜか大人っぽい。しかも、

「覗《のぞ》かないでね」

と、くる。

どこで覚えたんだ、こんなセリフ。

日常会話の中にはまだないだろうし。あまりに興味深くて、「そんな言葉どこで覚えたの？」と聞いてしまう。

「ママとドラマを見て」

「ああ……」

ドラマといっても、昭和の時代に家族が居間で見ていた、渡る世間に鬼がいたとかいないとかのドラマではない。今は「パパは自分のパソコンでなにかよくわからないこと」をして、私はママとタブレットで韓流《ハンりゅう》ドラマを見る時代なのだ。

昭和の時代、テレビのチャンネル争いで家族が殺し合いまでしただなんて、若い人には理解できないだろう。

それはともかく、ああ、この子も成長しているのだと、僕には子どもすらいないのだが、我が子の成長を見るようで、くすぐったく、また嬉《うれ》しい。

そしてシャワーを浴びて出てきた彼女は、まさかの行動に出た。

「留守番お願いしますね」

「えっ……!? どういうこと?」

「私、出かけるから」

「今から出かけるの? もう、夜だよね」

「先に寝ていていいよ」

どういうことかな、これは。

「じゃあ、僕は先にベッドで」

「違う。あなたが寝るのはこっち」

「そこって」

「ソファ」

夜中に転がり落ちて、頭を打ちそうだ。

「それより、こんな時間にどこへ行くの?」

「仕事に決まってるでしょ」

そうだったのか。夜のお仕事設定だったのか、と思いきや。

「なんの仕事。夫としては知っておかなくてはいけないから」

「女医よ!」

ひえー、夜勤だったんだ。これは失礼。

と、なんだかよくわからない世界で、おじさんは女児の成長の早さに、ただただ驚くばかりだった。

そして四年生になると、もう女児ではない。立派な女子なので、〝ちゃん〟ではなく〝さん〟と呼び、僕の中では大人扱いしている。

このあたり男女の成長ぶりの差が、がぜん大きくなる。相変わらずチンコウンコと叫ぶ男子を白い目で見ながら、女子から受ける質問は妙な色気と具体性を帯びてくる。

「ぐるぐる先生、今までに何人から告白された？」とか「何回告白して何回振られた？」とか「なんて言って振られた？」などなど。中には付き合っている男子がいたりして、会話の中身は華やかだ。

しかし、答える方は気を遣う。あまりにも現実的な話では興ざめだろう。なにより今の恋愛事情と、昭和の恋愛事情とではまったく状況が違うから、その辺をさっ引いて話さねばならない。そして女子と恋愛話をするとき、笑いを求めてはいけないことも知った。

ＳＮＳで常に個人と個人がつながっているという、僕から見ればいびつな関係。昭和の青春時代ならば、女子寮に入っている子と付き合えばそれこそ大変だった。五十人の寮生に対し電話がたったの二台。しかも夜十時までしか使用できない。それに僕たちの世代なら、付き合っていても、別れてしまえばそれまでだ。しかし今は、別れてからも、ＳＮＳでつながっているから、ダラダラと付き合いは続く。昔付き合っていた男性と会うことを咎《とが》められ、関係を解消したカップルもいる。

昭和のおじさんには、理解できない。

小学生のときから付き合って、ついに結婚した友人の話をすると、子どもたちは盛り上がっていた。

他にも男子とは違った質問がくる。

「ぐるぐる先生は、どうしてここで働いているの？」

突然六年生の女子に、真顔で聞かれて困る。

「えー、なんでだろう。楽しいからかな」

そう言ってはみたものの、なんか違う気がする。彼女も満足していない。

「もしかして、考えてないんだ」

六年生になると四年生女子とは違って、「大人のくせに」とまでは、思っていても言わない。しかしまっすぐに見つめる目は言葉より冷ややかだ。

「考えとく」

僕はそう言って逃げた。

☾

「どうしてここで働いているのって聞かれて、答えられなかった」

（難しい質問だね）

「最初は、死んでからもう一度、美月と会うために始めた。美月の願いでもあったし」

（養子縁組だっていやがっていた大地くんが、こんな仕事を選んだのは、ちょっと意外だった。

しかも今は生き生きしてるし）

「誰かの子どもの面倒を見るなんて、自分でも、絶対に無理って思っていた。でもなんか、違う気がしてきた」

（違うって、どういうこと？）

「はじめは美月が喜ぶと思って頑張っていた。でも今は、僕が楽しんでる……ごめん」

（どうして謝るの？）

「生きていて楽しいって思うのが、申し訳ない気がして」

（それはいいことなんだよ。大地くんが楽しくなってきたのは、きっと大地くんの心が、未来に向かって動き出したからだよ）

「そうなんだよ。みんなの未来に触れることができたらいいなって気がして」

（それはね、きっと草木が芽を出して育っていくのと同じくらい正しいことだと思う。次に子どもに聞かれたら、こう答えて。僕がここにいるのは、きみたちの未来に触れたいからだって）

☾

僕がここで働き出した頃、つまり今年の二月。三年生以下の低学年スペースのいちばん奥のテーブルで、いつも並んで座っていたのは、関口亜依莉《せきぐちあいり》と梅田叶愛《うめだのあ》だった。

まるでバス旅行の後部座席に陣取るクラスのボスのようだった。いつもスタジャンにダボッとしたパンツ姿の亜依莉は、下級生に目を配り、いつまでも宿題をしない子に注意したり、わからない子には教えてあげたりする子だった。

しかし四年生になり、高学年の部屋に移ってから、亜依莉の様子がおかしくなった。目に見えてイラついている。

「ぐるぐる先生、鉛筆削って」

亜依莉が鉛筆を持ってくる。四本の鉛筆の芯が、ことごとく折れていた。折れるのはかまわないのだが、一本ぐらい使っているうちに短くなったのがあってもいいだろう。それとも今の鉛筆は芯が弱いのか。

「全部折れたの？」

と聞くと、

「ううん。全部折った」と亜依莉はぶっきらぼうに答えたのだ。

「えっ？　どうして」

「ムカついたから」

「はい、出た」

「出たって、なによ」

「使い過ぎだよ、その言葉」

僕は適当にかわしながら、鉛筆を削りに事務室へ入った。このとき僕は、なにも感じなかった。感じなければいけなかったのに。

すでに彼女の中では、重大な変化が起きていたのに。僕は見逃した。

彼女は鉛筆の芯を、全部自分で折ったと言ったのだ。つまりそうせずにはいられない理由があるのだけれど、聞いてくれないかと、そうシグナルを発していたのかもしれない。

しかも、五人いる職員の中の、わざわざ僕に言ったのだ。

僕が鉛筆を削って高学年の部屋まで持っていくと、「筆箱に入れて」と彼女は言ってきた。

「ハイハイ甘えないで」そう言って僕は机の上に置いた。ころころと鉛筆は机の上を転がった。

そして次の週だった。また亜依莉に呼ばれた。

「ぐるぐる先生、破いていい紙ちょうだい」

「新聞のチラシでいい？」

「駄目。白い紙がいい」

「それは駄目。破るのなら、白い紙はもったいないよ。唐木先生に見つかったら、僕が怒られるって」

「字を書きたいから」

「そういうことね。わかった」

「わかったら、なんとかしろよ！」

「なんで怒られなきゃいけないんだよ」

冗談ぽく返して、僕は自分が使っている手のひらサイズのメモ帳を渡した。

「これなら好きなだけ、ちぎって使えばいいから」

メモ帳は、足し算や引き算、それから漢字など教えるときによく使う。亜依莉は機嫌よく手帳から十枚ほど紙をちぎって、そこに文字を書いた。「大キライ」「ムカつく」「ふざけるな」「さいてい」「ばかやろう」。

そしてビリビリにちぎって撒《ま》いた。

隣の叶愛も真似たが、怒りの量がはっきりと違った。

どういう状況なのかわからないまま、このときも深入りはしなかった。イマドキの子どもはストレスが多くて大変だなぁと、それくらいにしか思っていなかった。

しかしこのとき亜依莉は、ＳＯＳの発信から、次の段階へと進もうとしていたのだ。


唐木先生はちゃんと約束を覚えていてくれた。

ゴールデンウイークを一日空けて、僕の歓迎会をセッティングしてくれたのだ。

五人のうち四人が女性。僕が最年長だから、居酒屋の他の客から見れば、僕が従業員を連れてメシを食いにきているように見えるだろう。まさかこのおっさんが、いちばん新米のアルバイトだとは思わないはず。

それにしても、やっぱりみんな女性だ。

お酒が入ると、あの子がかっこいいとか、将来アイドル芸能事務所に入れたいとか、私はあの子の方が好きとか、そういう話になる。

もしも男性職員が同じような話をすれば、「キモイ」「ウザイ」「アブナイ」と非難されるだろう。非難だけではすまない場合もあるだろう。

「小野先生、嫌いな子とかいますか？」

聞き役に徹していると、唐突にやざわっちが聞いてきた。答えに慎重になって、だし巻きたまごをつつく。

「苦手な子とかはいるでしょ。一人の人間なんだから」

「いてもいいんですよ」

と、唐木先生は赤ワインをちびりちびりと飲んでいる。

「ああ、純くんはキツいですね。こっちが注意しても黙って前髪の奥からじーっと僕を見る目。なんなんですかね。じわじわとムカついてきますね」

「そういうときは、無理しなくていいですから」と、唐木先生。

「えっ、殴っていいんですか？」

と、冗談で言うが、誰も笑わない。昭和ならきっと笑ってくれただろうに。寂しく思うのは僕だけだろうか。

「無理して関わろうとしなくてもいいってことです」

「わかってますよ」

「わかってなさそうですけど」

と、いつも静かな葉子先生まで、私服になると口が軽やかだ。

「そういう子と一緒にいると、無理にでも自分が思うようにコントロールしたくなりますから。親なら、手も出るでしょうね」

やざわっちが言うと、

「親のエゴですかね。私も気をつけよう」

ホッシーはイヤリングを揺らして、今日は華やかだ。

「じゃあ、星野先生はいますか？」

酔っているようで、案外唐木先生は醒《さ》めていて、みんなが抱えているストレスを引き出そうとしているのかもしれない。

「私は高学年男子が苦手ですね。低学年の女の子を見ると、うちの息子が結婚するならどの子がいいかなって、さぐっちゃいます」

「なにをさぐるんですか？」

「お父さんはどんな人なのとか、直接だと聞けないじゃないですか。だから、お父さんとなにして遊ぶのとか聞きながら」

「家族調査してるんだ。すごい。で、どうです？　いいパートナーは、見つかりましたか」

僕も会話に参加する。

「難しいですね。まだ比較する対象が少ないから。ワタシ的には聡花《さとか》ちゃんとか、いいと思うんだけどな」

聡花は誰よりも宿題を早くすませるし、退屈すると、なにか手伝いたいと申し出る。

「でも、諒太朗《りょうたろう》くんのことが好きなんですよね。聡花ちゃんは」

「葉子先生、いきなり夢を打ち砕かないで下さいよ」

小杉《こすぎ》諒太朗は丸顔に垂れ目。見るからにお調子者で愛嬌《あいきょう》がある。へんな動きをしたりみんなにちょっかいを出す。それが喧嘩《けんか》の種になったりもするが、女子からの人気は高い。

「おいサキ、オレの隣に座れなくて、残念だったな」と彼が言ったときには、我が耳を疑った。まだ一年生なのに。チャラ男《お》は生まれつきの天性によるものだと知った。

「でも諒太朗くんは、まだ誰が好きとかって、ないんじゃないかな」

やざわっちが穴子のフライをおいしそうに食べる。

「脩平《しゅうへい》くんが、聡花ちゃんを好きですよね」

唐木先生も恋バナには関心が高いようだ。

「そうそう、宿題をするときも、意識的に聡花ちゃんと一緒に座ろうとしていますよね。諒太朗くんと聡花ちゃんが並んで座ろうものなら、諒太朗くんの背中を羨ましそうに、じっと睨《にら》みつけてますもの」

やざわっちが言う光景は、僕も見たことがある。けれど脩平の細い肩と自信なさそうな目は、それだけで他の男児と比べても勝ち目がない気がした。

「聡花ちゃんの宿題が終わって片付けようとすると、脩平くんが代わりに片付けようとしたり、ランドセルを持ってあげたり、尽くしてますね」

ホッシーも気がついている。当然僕もこの子たちの、こうした小さな特別な感情に気がついてはいた。しかし、こうした場で盛り上がる話ではないような気がするのだ。

他の職員が耳にしたかどうかは知らないが、僕は脩平と聡花が話しているのをたまたま聞いた。二人の後ろで、別の児童の宿題を見ていたときだ。

確か脩平が先に、聡花に打ち明けたのだ。

「僕の家、お父さんがいないんだ」

すると聡花ちゃんは、「うちの家は、お母さんがいない」と言う。

「僕の家と同じだね」

脩平の嬉《うれ》しそうな声がした。子どもだからそんな些細《ささい》なことにも、シンパシーを覚えるのだろう。大人なら、そう、それはお互いに大変ねと、お茶を濁すだろう。

一年生は止まらない。

「どうしてお母さんいないの？　僕んちは、いつもお金のことで喧嘩して、お父さんが出ていった。喧嘩って、いやだよね」

「うん。うちも喧嘩のときは怖かった。お母さんが、他に好きな人ができて、お父さんが、叩《たた》いて放り出した」

「叩いたの？　僕の家は、お母さんがお父さんを殴った」

じつは脩平の父親は、今は刑務所で服役中だ。唐木先生から聞いたのだが、母親は風俗で働いていたという。この父親が覚醒剤に手を染め、一度目は執行猶予がついたが二度目の逮捕で有罪。刑務所に収監されてしまった。それを機に離婚して、風俗の仕事もやめ、妹の力を借りて出直そうと頑張っているのだ。

そんな過去を、面談のときに洗いざらい打ち明けなければならないほど、母親の心も弱っていたのだろう。

オーナーは脩平を受け入れるべきかしばらく悩んだそうだ。しかし、無力な人を受け入れない施設なんてない方がましだと、受け入れることを決意した。

ともあれ脩平と聡花は、境遇が似ているということで仲良くなったが、恋ではないと思う。保育所にも幼稚園にも通っていない彼が、プラスチックの古いおもちゃが散乱する母親と二人だけの部屋から、ようやく外の世界に向かって芽を伸ばしはじめたのだ。この世界で生きていけるという実感を得るために、純粋に誰か手をつなげる人を求めているのではないのだろうか。

それが聡花のような気がする。

しかしその代わり、脩平の宿題はなかなか終わらなかった。

「親切にするのはいいことだけど、まず自分のことをしようねって、いつも言ってるんですけどね」

葉子先生が笑うが、それは笑ってはいけないと思う。

脩平は……。

「僕には、わかる気がします。脩平くんには人の気を惹《ひ》けるような、特に女の子にアピールできるものが、なにもないんですよ。諒太朗くんは、からかうのが得意だし。空《そら》くんは、誰かが困っていたら真っ先に、どうしたの？　って聞けるし。央惺《おうせい》くんは、面白い本を探してくるのが得意だし。智樹《ともき》くんは、サッカーがうまいし。瑛心《えいしん》くんはおりがみが上手だし。そういったものが、絶望的になにもないんです。脩平くんには。だから、やさしくしてあげるしかないんですよ」

そして、僕もそうでしたからと笑ってみせた。

母が僕にピアノを習わせたのが五歳。しかし、右手と左手を同時に動かすことが難しくすぐに断念。ならば勉強でと、塾へ通った小学生時代。それでも成績は上がらず。塾の先生から、理解するのに他の子どもの二倍時間がかかると酷評された。それでも母はあきらめず、中学受験まで僕にさせたが、全敗。それならばと中学生になるとサッカー部に入りなさいと指示された。従った僕にも問題はあるが、これも苦戦。チームメイトはそれこそ小学二年生くらいから始めている。自分としてはレギュラーにこそなれなかったが、高校生活の最後までサッカーを頑張ったことを褒めてあげたかった。しかし両親からの評価は得られず、なにをやらせても駄目なやつと見放されてしまった。

結局僕は、誰かの気を惹くものをなにひとつ身につけないまま成人してしまった。

「そうですね。じゃあ、これからは、いろんな彼の能力を、みんなで引き出してあげましょう。きっと持っているはずだから。それも私たちの仕事です」

仕事といいながら、唐木先生のそれは違う気がした。子どもたちのことを心配することしかできないなら、徹底的に心配してあげましょうと、彼女なりにたどり着いた、理念なのだろう。

「そういえば、亜依莉ちゃんの様子はどうですか？　朝学校へ行くとき、お腹《なか》が痛くなるとか言ってましたよね。まだ続いてますか？」

やざわっちが唐木先生に聞く。

「それって、いわゆる行き渋りってやつですよね。学校へ行こうとすると、いろんな症状が出てきて、休んでしまったりするんですよね」

僕も気になって尋ねた。

保護者との連絡は唐木先生に一本化してある。ストレスのことは知っていたが、日常生活に影響が出ているとは聞いていなかった。

「朝、集合場所までは行くのだけどそこでお腹が痛くなって、家に帰ったりしているそうです」

「それって、早く手を打った方がいいですよ。鈴山《すずやま》市にある心の医療センターが私はお勧めです。個人でやってるカウンセリングも、よかったら紹介しますが」

やざわっちがバッグからスマホを取り出そうとした。

「やめて下さいよ。そんな大げさなことを言ったら、お母さんを混乱させてしまうでしょ。ほんのたまにあるだけですから」

　唐木先生は顔の前で手を振って牽制《けんせい》した。

「いやぁ、でも……」

「またそのときはお願いします」

　やざわっちは、まだなにか言いたげに、それでも渋々スマホをしまった。それを見ながら唐木先生が言う。

「大げさにすると亜依莉ちゃんがかわいそうでしょう。それに彼女の家は、両親とも亜依莉ちゃんのことをとても大切に思っていらっしゃるから、私たちが立ち入らない方がいいかも」

「亜依莉ちゃんがかわいそうって、誰が思ってるんですか？　お母さんですか？　大切なのは、本人の気持ちじゃないでしょうか」

「私もそう思っていますよ。それに私たちでは、責任が取れませんし、そうした医療機関があることは、お母さんだって知っているはずですし」

　また責任に言及する。唐木先生は責任という海でしか生きられない魚のようだ。

「でもこういうのって、急に学校へ行きたくないとか言い出したら、不登校になるのは早いですよ。それこそ、そこからまた学校へ行くのは大変です」

「わかっています。だから慎重に見守りましょう」

　わかっていても唐木先生から直接保護者に提言するのは憚《はばか》られるのだ。あくまで不登校は家族の問題で、一学童職員が口をはさむことではない。

しかし、やざわっちの心配は当たってしまった。

ゴールデンウイーク明け、亜依莉は一日だけ学校へは行ったものの、それきり集合場所へも行けなくなったと、母親から連絡があった。

しばらくは母親がパートの仕事を休んで、家で一日彼女を見るという。

それでも彼女にとって、ここキッズクラブ・ただいまは安全基地ということなのだろう、午後三時を過ぎるとお母さんが車で連れてきていた。

三週目になるとこのままではまずいと思ったのだろう。保護者の方から、ＳＯＳを求めてきた。介護施設の会議室を借りて、オーナーと唐木先生、そして亜依莉の両親の四名が話し合いの場を持った。

夕方の五時から始まって、一時間しても戻ってこなかった。もともとやざわっち以外の職員の中には、僕もそうだが、そのうちにまた学校へ行くだろうという希望的な考えがあった。しかし、今は不安しかない。

「引きこもったりしたら、いやですよね。あんなにいい子が」

葉子先生に話しかける。

キッズクラブではまだ元気な姿を見せてくれているから、今のうちになんとかしたいという気持ちは、親でなくてもある。

亜依莉は、乱暴なことをしている子はすぐに叱《しか》ってくれるし、仲間に入れずに困っている一年生を見ると、真っ先に声をかけに行く。

とても有り難い存在だが、繊細な反面気が強く、謝るまで絶対に許さないような頑固な一面もある。

「男の子が私を蹴ったときにも、亜依莉ちゃんがものすごい剣幕で、『そんなことをしていいと思ってるの。葉子先生が大人しいと思って。謝りなさい』って、言ってくれたの」

「ちょっと前、紙にばかやろうって書いて破ってたんですが、関係ありますかね」

返事をもらう間もなく、玄関のチャイムが鳴る。お迎えがきて、子どもの帰り支度を手伝う。

亜依莉は叶愛とタブレットを見ながら、上半身だけのダンスをして、ケラケラ笑っていた。

唐木先生が亜依莉の両親とようやく戻ってきた。

「亜依莉ちゃん、帰るよ。今日はパパもいるよ」

そのとき亜依莉の頬が、一瞬ピクリと動いたのを僕は見た。

玄関で叶愛と元気に交わす「さよなら。また明日」の挨拶は、なにも変わっていない。健康そのものだ。

どういう話し合いだったのか、唐木先生に声をかけようとしたそのときだ。たった今、笑顔で亜依莉を見送ったばかりの叶愛が、「はあっ」と大きく溜息《ためいき》をついた。一瞬だが、ほとんど白目をむいて、天井の隅に顔を向けた。

「どうしたの、叶愛ちゃん。亜依莉ちゃんになにか言われたの？」

叶愛は亜依莉ほど感情の起伏が激しくない。

「亜依莉ちゃんがどうとかじゃなくて、私が疲れる。ねえ、ともりん。これっていつまで続くの？」

六時を過ぎると子どもの数が減って、急に家族的な雰囲気が増す。

「いつまでって？」

普段はしないおんぶを、唐木先生がしたりする。今も叶愛が、唐木先生の背中に飛びつく。

「だって、気を遣うのが疲れる。今日だって、勉強大丈夫？　プリントもらってる？　って聞いたら、なんで叶愛に言われなきゃいけないのって、怒り出すし、泣き出すし。なだめるのに三十分かかったよ」

「ありがとうね」

「他にもさ、亜依莉ちゃんから、ちょっとの時間離れていたら、私を一人ぼっちにするとか責めるように言うし。友だちなのに学校の話ができないのって、苦痛。ねぇともりん、どうして亜依莉ちゃんは学校へ行けないの？」

「それはこっちが聞きたい。さっきも、ご両親と話をしたけど、どうしても、学校へ行けない理由がわからないって」

「亜依莉ちゃん、親にも言わないんですか？」

思わず僕は聞いた。一時間なにを話していたんだろう。

「なんだか、学校の廊下を歩いていると、気持ちが悪くなってくるとか、廊下の向こうが暗くて怖いとか、担任の先生がいやだとか。でもなんとなくだから。具体的なことは、なにもわからないの」

そして背中で気持ちよさそうにしている叶愛に聞く。

「ねえ叶愛ちゃん、クラスで先生と亜依莉ちゃんがもめたりしたことない？　亜依莉ちゃん一人だけ、先生に呼ばれたりとか」

「ないよ。普通に叱られたりはあったけど。みんな一緒だし。喋《しゃべ》って言うことを聞かない私たちがいけないし。あはは」

「どんな先生なの？　男の先生だよね」

「うん。私はいい先生だと思う。男子のことも叱ってくれるし」

「じゃあ、やっぱり、わからないってことね」

「それで話し合いは？」

そちらが気になる。唐木先生は叶愛に聞かせてもいいか、背中をチラリとうかがうような仕草を見せた。

「ま、いいか。叶愛ちゃんも関係者だものね」

「うん。関係者、関係者」

叶愛はいつも大人の話に入りたがる。

「これからどうするか。お母さんも働かないといけないし。かといって、お父さんは支援機関やフリースクールには行かせたくないって言うし。お母さんはどうしていいかわからなくて泣いちゃうし。かといって、ここで朝から預かるのは無理だし」

「そういえば、お母さんの目が赤かったですね。泣きたい気持ちはわかりますが、もっとしっかりしなくては」

やざわっちが諭すように言う。その場にいられなかったのが不満そうだ。

「それで、結論は？」

僕は聞いた。

「男性はこれだから。すぐに結論を求める。まあ、しばらく見守るということで」

「男性は関係ないですよ」

やざわっちが挑むようにキッパリと言う。

「それに、見守るだけでは駄目でしょう。言葉にできなくても、学校へ行けない理由は彼女の中にあるわけで、心をほぐしてあげて、ちゃんと意味づけしていくのが大人の仕事だと思いますがね」

「じゃあ、矢沢先生がうまく聞き出して下さいよ」

「ともりんとやざわっち、仲悪いの？」

唐木先生の背中で、面白そうに叶愛が揺れた。

「この前、殴り合いしたんだぜ」

ついふざけて言ってしまった。

「きゃははっ。それでどっちが勝ったの？」

「ともりん」

「へえー」

「小野先生！　ふざけないで下さい。子どもは、鵜呑《うの》みにしますからね」

「すいません。ああ、でも、もしも学校の先生に原因があるのなら、それははっきりさせておいた方がいいんじゃないですか。クラスを替えてもらうとか、できないですかね」

「どうですかねぇ」

唐木先生は答えながら、やざわっちを見た。

「明らかになにかがあったというのでなければ、学校に責任を求めるのは、控えた方が賢明です。今度は先生を苦しめることになりますし。ただでさえ病んでいる先生は多いみたいだし。亜依莉ちゃんは、叶愛ちゃんしか心を打ち明けられる子がいないんだし、今はできるだけ話を聞いてあげて」

「矢沢先生。叶愛ちゃんに、そういう呪いの言葉をかけちゃ、まずいんじゃないですか」

唐木先生が反論する。

「私は呪いだとは思いませんよ。叶愛ちゃんの成長に、必ずプラスになると信じています」

「叶愛ちゃんはどう思う？」

僕が聞くと肩をすくめ、わからないと答える。そして聞き返してくる。

「ぐるぐる先生は？」

「叶愛ちゃんにわからないのに、僕にわかるはずがない。あははは」

笑って返しながら叶愛のことも心配になってしまった。誰かが言っていたが、女の子同士は仲良くなり過ぎると、この子にならどれだけ不満をぶちまけてもいいだろうと、お互いを感情のゴミ箱と勘違いしてしまう。そうなると最後にはどちらかが離れていくか壊れてしまうまでその関係が続く。確かに友だちといて、学校の話ができないとなるとキツいだろう。

開けたままの玄関から気の早い蛙《かえる》の鳴く声が聞こえてきた。

誰がどこで躓《つまず》こうとも、季節は確実に動いている。

担任の教師は本人と会って話がしたいと希望したが、亜依莉は自宅であれキッズクラブであれ、会うのはいやだと拒否した。なにがこじれているのか先生にもわからない。

仕方なくスクールカウンセラーが、キッズクラブまでくることになった。なにもしなかったでは、あとあと困るのだろう。

平日の昼間、子どもたちがいない時間に、亜依莉、お母さん、唐木先生、そしてスクールカウンセラーが高学年の部屋に入った。

僕たち職員は、事務室から防犯カメラのモニターで様子をうかがった。音声はない。亜依莉は終始つまらなそうに、視線を宙に泳がせていた。

パンフレットのような紙を広げ、若い女性のスクールカウンセラーが懸命に話している。積極的に笑顔を亜依莉に投げかける。相性さえよければ、お姉さん的な雰囲気を醸し出す彼女になんでも相談できそうだ。しかし亜依莉はまったく応じない。無視を決め込む。

女性のカウンセラーは、次第に引きつったような笑顔になる。

「なかなか心を開いてくれませんね。そういえば……」

と、僕は思い出して言った。

「おじさんが小学校の先生をやっていて、校長までやって退職してから、引きこもりの子どもたちを訪問して回る活動をしていました。親戚が集まったとき、ちょこっとだけ話しましたが、顔を見せてくれるまで、二年かかる子もいるって」

「いつの話ですか?」

「三十年以上前ですね」

「じゃあ、今引きこもりの高齢化が問題になっている、8050《はちまるごーまる》問題のあたりですね」

「はちまるごーまる?」

「当時、引きこもりになった人が五十歳代になって、八十歳代の親が、まだ子どもの面倒を見なきゃいけない。あの頃は、とにかく本人が動き出すまでそっとしておくのがいいって、エライ先生がおっしゃって、みんな右へ倣《なら》えで、子どもたちは放置されてしまいましたから。今は積極的に関わっているから、引きこもりから脱出できたり、自分なりの生き方を見出《みいだ》したりしています。大事なのは、生きようとする力なんです」

生きようとする力か……。

その言葉に僕は、自分の胸がチクリと痛むのを感じた。少しずつ生きようとする力を捨ててきて、最後に美月を亡くしたことですべてを失ったような気がした。この世のあらゆるものが無意味だと感じた。それでもここにいると、いろんな感情がよみがえり、僕の人生と重なる。生きること。それは、八歳でも五十八歳でも、変わりなく大変なことなのだ。

「あそこに、やざわっちが加わった方が、よっぽどいいんじゃないですか?」

僕はちょっと煽《あお》ってみた。

「それはどうですかね。子どもの心は、私にもわかりませんよ。私はここで安全基地を守っている方が性に合っています。キッズクラブ・ただいまという、強くて安全な箱を……ああ、でもあれはやめなきゃ」

静かに話していたやざわっちが、大きな声を出した。画面に注目したが、なんのことだかわからない。

「こんなときに、子どもの前で、お母さんが泣いちゃ駄目ですよ」

僕は当然のことのように見ていた。

「駄目なんですか」

「ますます亜依莉ちゃんの、自己肯定感が下がっちゃいます。困っているのは亜依莉ちゃんなんです。自分の〝困り〟で泣かれちゃ、本当のことなんて話せないし、お母さんのこともアテにできないでしょ」

「わかるような気もします」

僕の母親も幾度か僕の無能ぶりを卑下して泣いた。彼女は僕に発奮を促していたのかもしれないが、その度に心が萎えた。そして母親との心の溝が深くなるのを感じた。

「最悪、子どもの感情に飲み込まれちゃって、支配下に置かれちゃって、言いなりになっちゃいますよ」

「そんな、大げさな」

今の亜依莉からは想像できない。

「亜依莉ちゃんは今、自分で自分をどうすればいいのかわからないの。なのに、なにもわかってない人の言いなりになって物事を進めたらどうなりますか？　ケーキを作るとします。でも作りたい気持ちだけで、材料も分量も方法もわからないまま、そのときの勘で作ったらどうなりますか。レシピを知っている誰かが、隣にいて教えてあげないと」

冷静な目が必要なのだ。ちらり、感情に偏っている唐木先生への批判にも聞こえた。

「不登校そのものに問題はありません。私も昔は不登校でしたって人、けっこういるじゃないですか。本当に困っているのは、自分で目的や生き方を決められない人なんです。人生なんて、目的を持って、そこへ向かっていく。ただそれだけのこと。意外とシンプルなはずなのに、そこに学校や家族、友だち付き合いが絡んでくるから、複雑になっちゃう」

亜依莉がどうなってしまうのか、こればかりはなんて声をかけていいのかわからない。きのうも一人でぽつんとしていたから、そばへ行って、「しんどい?」って聞いたら、そそくさと逃げられてしまった。ここでも自分の言葉の無力さに幻滅した。

話し合いが終わった。

結局、学校の意向を伝えただけで、そこからは進展しなかった。出席日数の影響や支援機関への仲介、フリースクールへの手続きのこと。そして保健室登校。

亜依莉はひと言も言葉を発しなかったそうだ。そりゃ三人の大人に囲まれて自分の意見を堂々と伝えられる子なら、不登校にもならないだろう。

問題は、不登校を選ぶこともできない状況にあるということ。

夕方、奇妙な遊びが始まった。

「亜依莉が追いかけてくる」

そう言って高学年の部屋から、女子が逃げてきた。

「部屋の中は走らない。きみたちが走ってどうするの!」

と、注意する中を亜依莉が現れた。

「おかあさーん。私のお母さんは、どこですかぁ」と、歌うように泣きながら。そして誰かれなく、女の子をつかまえようとする。

なにかが亜依莉に取り憑《つ》いたみたいで、気味が悪い。これって、みんなが感情を共有した遊びなのか。

つかまえた子に亜依莉が聞く。

「あなたは私のお母さんですか？」

「違います、違います、放して下さい」

つかまった子は哀願する。こんな遊びはやめさせるべきか迷うが、唐木先生もやざわっちも、そのまま見過ごしている。楽しそうに逃げる子もいて、なにこれと、聞いてみたい気もするが、どうせ「遊び」とだけしか答えないだろう。


それからの亜依莉は、それこそ一進一退だった。今日は保健室へ行けた。今日は校門まで行ったが、帰ってきた。今日は学校へも行けなかった。

丸一日、ここで預かってもらえないかという相談もあったが、生憎《あいにく》そこまでのスキルが僕たちにはない。唐木先生も、預かるだけならできなくはないが、金額的にかなり割高になることを懸念した。それにいつも同じ人がずっと彼女の相手をするのはどうなのか。本人の成長にとって妨げになるように思えてならない。

ここにいれば、大人はこと細かに気を遣ってくれるだろう。しかしこれから先、社会に出ることまで考えると、必ずしも彼女にとってプラスにはならない。

亜依莉の状態が安定するにつれて、周囲の空気が冷えていくのを感じた。

亜依莉は自宅にいる日が増え、三時半になると母親がキッズクラブに送り届ける。学校への早期復帰はあきらめたのか、母親は仕事をやめた。

叶愛や他の子たちが宿題を終えるまで、亜依莉は退屈そうにウロウロしている。檻《おり》の中のクマのようだ。

その時間帯は、僕たち職員も、お迎えや受け入れで忙しく、きちんと相手をしてあげられない。その現実が、さらに彼女にとってはストレスとなる。

「ぐるぐる先生」と子どもたちから呼ばれれば、宿題を見たり、鉛筆を削ったり、コピーをしたりそれこそぐるぐると慌ただしく動き回る。外遊びも、四時からということにしてあるので、彼女だけ特別というわけにはいかないし、目の届かない場所に置く不安もある。

そのせいで、何度も高学年の部屋へ行き、宿題はまだ終わらないのかとせっつくようになった。叶愛の態度も次第にぞんざいになる。

「もう帰りたい。ママに電話して」

突然、亜依莉が叫び出した。

「どうしたの、亜依莉ちゃん」

ホッシーが飛んでいく。亜依莉がいちばんなついている。

「どうして帰りたいの？」

「だってみんなが意地悪する」

「意地悪って？　なにがあったの？」

「私のことを、無視してくる」

「みんなまだ、宿題をしているのよ。意地悪なんかじゃない」

「口利いてくれなかった」

「もう少し待っていてあげて」

ホッシーが説得しても聞かない。

「無理だから。もう帰る。早く電話して」

あまりの騒がしさに、宿題をしていた一、二年生まで、見物にくる。亜依莉はそんなことおかまいなしだ。

「ともりんお願い」

「お母さんに電話をしても、迎えにこられないと思うよ」

これ以上興奮させまいと、いつもの口調で言う。

「そうだ。てるてる坊主を作るの、手伝って」

「えっ、事務室に入っていいの？」

「特別よ」

ようやく落ち着いてホッとするが、宿題を終えて叶愛たちが出てきても、今度は亜依莉の気持ちの方が、収まらないようだ。

ほら宿題終わったみたいだよ、と声をかけても、どうせ無視されるから話したくないと、塞ぎ込んだ顔のまま叶愛たちを避ける。

彼女一人のために、ギスギスした雰囲気がキッズクラブ全体を包む。

なにかおかしい。そう思うが、どうしようもない。くるった歯車は、いろんなものをくるわせていく。

内藤幸穂《ないとうゆきほ》は、亜依莉や叶愛と同じ四年生だが、学校が違う。このキッズクラブでは少数派だ。漫画を描《か》くのが好きで、基本一人で絵を描いていることが多い。ぽっちゃりとした彼女は漫画そのものの可愛《かわい》らしさで、争いごとも聞いたことがない。

そんな幸穂も、やはり亜依莉のことを心配していたのだろう。ある日宿題を終え、今日は外で遊ぼうと部屋を出た。すると玄関で、手持ち無沙汰な亜依莉と鉢合わせになった。

下駄《げた》箱から靴を出したとき目が合った。

「あのとき私、亜依莉ちゃんが寂しそうだったから、なにか声をかけてあげたくて。ドキドキして、もしかしてへんなことを言ってたかもしれない」

幸穂はそのときのことを思い出して言う。

いつもはお喋りしない幸穂から声をかけた。

「叶愛ちゃん、もうちょっと時間がかかりそうだよ」

「あ、そう」

亜依莉はそっけなく答えた。冷ややかな声だった。

幸穂はきっと自分の話し方がいけないのだと思って、具体的にこう言った。

「今日の宿題はタブレットを使った宿題で、録画して送らなきゃいけないの。亜依莉ちゃんは、タブレットは大丈夫？　もらいに行ってないって、みんな心配してたよ。勉強もこのままじゃ遅れちゃうって」

幸穂はかなり丁寧に話したつもりだった。

タブレットの件は、学校から「使い方を説明しますので、取りにきて下さい」と、連絡があった。しかしそれも拒否している。

そして亜依莉は、幸穂の言葉を悪意でしか受け取れなかった。

「はあっ？　なんであなたに、そんなこと言われなければいけないの。うざい。消えて」

滑舌のいい亜依莉の声が、玄関ホールに響いた。

そこまで亜依莉が尖《とが》りまくっていることを幸穂は理解できなかったし、理解しろという方が無理だ。その場は黙ってやり過ごしたものの、幸穂も感受性の強い子だ。家に帰ってから泣き出した。「親切に言葉をかけたのに、ひどい言葉を吐かれた」と母親に訴えた。そしてキッズクラブへはもう行きたくないと言い出した。

唐木先生のスマホに電話が入ったのは夜の七時過ぎ。幸穂の母親からだった。

ただ幸穂の母親は、医療機関で働いているだけあって、冷静だった。

「早急に話し合いの場を持ちたいので、唐木先生、亜依莉ちゃんと保護者、そして幸穂と私が落ち着いて話ができる場を設けてほしい」

子どものことだけに、早く問題を解決した方がいいと言う。

唐木先生はすぐに亜依莉のお母さんに連絡をして、了解してもらった。

翌日、キッズクラブが終わる頃、幸穂のお母さんがきた。唐木先生が幸穂とお母さんを連れて高学年の部屋に入った。職員はみんな帰って、僕と唐木先生だけだ。

亜依莉は今日は休んでいる。本当にくるのか不安だ。

最後の男児を見送ったとき、見覚えのある白のワゴン車が駐車場に入ってきた。

しかし車からは誰も降りてこない。

僕は玄関で亜依莉と母親を待つ。

ようやくお母さんの姿が見えた。けれど玄関に入ってきたのはお母さんだけで、すまなそうに僕を見た。

「亜依莉ちゃんは、こなかったんですか？」

「いえ、車には乗っていますが、今日はそういう気持ちにならないからやめておくって言うので。小野先生からでもうまく伝えてもらえないでしょうか」

「いやいや、駄目ですよ、それは」

「じゃあ、私が……」

「お母さんから言ってもらうのも、やはりへんですよ。いやならいやで、本人が伝えなきゃ。ごめんなさい、今日は無理ですと言って帰って下さい」

「でも、あの子の気持ちを考えると」

「幸穂ちゃんはずっと待っているんですよ。彼女だって、きっといやな気持ちですよ。帰りたいですよ。それをできるようにサポートしてあげるのが親なんじゃないですか。亜依莉ちゃんは車の中にいるんですよね」

靴を履いて僕は飛び出した。

お母さんが後部ドアを開けると、亜依莉が小さくなって座っていた。

「亜依莉ちゃん、どうしても無理なのかな。誰がいいとか悪いとかじゃなくて、これはみんなで考えなきゃいけないんだ。もし今日が無理でも、せっかくここまできたんだから、一緒に断りに行こうよ」

亜依莉は、反対側のドアに体をくっつけるようにして意思を示す。

「どこまで逃げても、自分からは逃げられないから。自分の船を動かせるのは自分しかいないから。やってみようよ」

言いながら、なんて古くさい言葉だろうと思う。伝わらないだろうな。しかし昭和のおじさんは、これくらいしか言葉の持ち合わせがない。

「じゃあ、あと二十分待つから、できたらきてほしい」

僕はそう話して建物に入った。

部屋ではみんなが、少しくつろいだ顔をしていた。僕は努めて明るい声で言う。

「亜依莉ちゃんは、車には乗っていますが、どうも気持ちが揺れているみたいで。あと二十分待つからと言ってありますが、ひょっとしてこないかもしれません。あ、唐木先生、勝手に決めてごめんなさい」

「大丈夫です。幸穂ちゃんには、ちゃんと話をしてわかってもらえたから。こう見えて幸穂ちゃんはけっこう大人なんですよ」

幸穂は褒め言葉として受け取ってくれたようで、嬉しそうにはにかむ。

お母さんが僕を見て言う。

「幸穂は別に謝ってほしいと思って言っているわけではありません。ただ自分の親切がどうして悪意で受け止められてしまったのか、納得できなかったのです。私が亜依莉ちゃんや保護者の方と会いたかったのは、みんなで今回のことを共有したかったからです。亜依莉ちゃんのためにも。そうすれば、このキッズクラブもみんながいい方向に進めると思ったからです」

「いいお母さんだね」

僕は幸穂に話しかけていた。難しいのだろうが、亜依莉のお母さんにも、これだけの冷静さと勇気があればいいのにと思う。

二十分経《た》っても亜依莉はこなかった。

駐車場に車もなかった。

でもそれでいいと思う。

それが今の彼女の限界なのだから。

限界を感じたなら、そこで深呼吸をして、またそこから成長すればいい。


「僕もきっと、美月を傷つけていたよね」

（そういうこともあったかな。いろいろあったけど、もう忘れた）

「謝っておくよ。ごめん」

（傷つけたり、傷つけられたり、人間って面倒臭いね）

「うん。でも、忘れてくれてありがとう」

（あぁ、そういえば大地くんは、よく、それって必要ないでしょって、私に言ったよね）

「そう、だったかなぁ」

（私がなにか買いたいとか、なにかしたいとか言うと、えー、必要ないでしょって）

「ああ、言ってたかも」

（あれってさ、ただ面倒臭かっただけでしょ、本当は）

「そうだった、かも」

（ああいうのって、けっこう傷つくんだから。こっちは一緒に楽しい時間を作ろうと思っていろいろ提案しているのに。あー思い出したらムカついてきた）

「待ってよ。さっき忘れたって言ってたのに」

（そういえば、クリスマスに喧嘩したことあったよね）

「だからもういいって。今、そんなこと、必要ないでしょ」

（ほら、また言った）

☽

11　ここには未来がある

それから数日が過ぎた。

外遊びのときだった。

汗をかきながら、一、二年生が鬼ごっこやボール遊びに歓声をあげる。僕はそのどちらもが視界に入るフェンスの前で見守る。すると玄関先でしゃがんで見ていた亜依莉がそばにきて言った。

「ぐるぐる先生、聞いて」

「うん。なんでも聞くよ」

苛《いら》ついた様子はないが、亜依莉の目力はまだ弱い。

「でも、誰にも言わないでね」

「もちろん」

四年生はさっき帰ってきたばかりで、まだ宿題をしている。高学年部屋には入りづらいのだろう。

あの日、二十分待ってこなかった話は、僕からはなにもしていない。翌日少し緊張気味だった亜依莉も、休まずにきてくれたからほっとした。唐木先生があいだに入って、幸穂のお母さんと亜依莉のお母さんとが電話で話をして、親同士の理解は得たようだ。

亜依莉はフェンスに背中を凭《もた》れさせて話す。

「ぐるぐる先生は、いちばん大事な友だちっている？」

「そりゃいるよ」

「今も会ってる？」

「そういえば随分会ってないな。今度連絡してみよう」

「いいなあ」

「亜依莉ちゃんも友だちならいるだろ。叶愛ちゃんとか」

「ううん」

亜依莉が首を横に振る。

「違うの？」

「叶愛も大事だけど、いちばんじゃない」

「そうなんだ。いちばんの子は、学校の友だち？」

亜依莉は答えず、梅雨入り間近な空を眺める。

「いなくなった」

「いなくなったって？」

えっ、死んだのかと思わず身構えた。

「パパがね」

「パパ？」

「パパのせいで、会えなくなった」

話が急展開する。

「なにそれ？　どうしてパパのせいで会えなくなったの？」

「パパが、会うなって言った」

話はまるで一年生から喧嘩《けんか》の理由を聞くような、たどたどしさだった。

亜依莉には、保育所からずっと一緒だった親友がいた。その子が三年生の終わり頃、クラスの子の持ち物を盗《と》って、家に持ち帰っていることがわかった。被害に遭った子が、数名いたため、話が大きくなった。

問題はそこからだ。

その子は謝ったが、その子の両親の態度が横柄で、謝ればいいんだろうという感じだった。

亜依莉のお父さんはそれ以降、その子と話をすることも遊ぶことも、一切を禁じた。

もしかするとそれは、亜依莉が白い紙に呪いの言葉を書きつけて破っていたときのことだろうか。

「四年生になって、その子はどうしてるの？　学校へはきてる？」

心配になって僕は聞く。

「きてるけど、いつも一人だよ。誰も声をかけないし」

「ひどい話だね」

ふと、やざわっちの話を思い出す。万引きや窃盗は、愛着障害からくる症状ではなかったのか。その子のフォローはどうなっているのだろうか。大人たちの対応のまずさから、二人の女の子がこの大切な時期に躓《つまず》いて、成長の機会を奪われている。

「ぐるぐる先生なら、どうする？」

どうしよう……。

亜依莉が求めている答えならわかる。今すぐ学校へ行って、その子の手を取って言うのだ。もう一度親友になろうと。そうすれば二人の少女が助かるかもしれない。

しかし、それが本当に正しい答えなのかどうかわからない。

「ねえ、どうしたらいい？」

ぐるぐる先生なら、どうする、から、どうしたらいいに質問が変わった。

「どうしたらいいか、亜依莉ちゃんはわかってるんじゃないかな。そうしてみたら？　亜依莉ちゃんは自由なんだから」

ぼくはずるいと思いながら、大人の答えを彼女の前に置いた。そこには成長を願う気持ちがあった。

彼女は睨《にら》むように僕を見た。どうしてもっと強く背中を押してくれないのかと、不満気な顔で。しかしどんな高さのハードルも、自分の力で越えなければ意味がないってことを、彼女自身が体感してほしかった。

それは僕自身にも言えることだ。

この情報は職員で共有すべきか迷った。なによりも亜依莉がお父さんときちんと話ができるようサポートするべきではないだろうか。

しかし亜依莉からは、誰にも言わないでねと、釘《くぎ》を刺されている。子どもとの約束は、なによりも優先される。

四年生が宿題を終えて外に出てきた。

空は雲が厚くなり雨の匂いがまじる。

「明日から雨だから、今日のうちに走っておくんだぞ」

まあ、言わなくても子どもたちは、わかっている。僕なんかよりも、ずっと賢いはず。

「ドッジボールしようぜ！」

元気な声が響いた。

☽

「やっぱり、言わない方がいいのかな。美月ならどうする？」

（絶対に言わない。そうだ、私ね、最後まで大地くんが、約束を守ってくれて嬉《うれ》しかった）

「なんの約束だっけ？」

（私の病気のことを、誰にも言わないでほしいって）

「ああ、葬儀のあと、美月の友だちには家までやってきて責められたけど」

（ごめんね。でも私、いちばんいやだったの。友だちから、ああ、この人はもう、死んじゃう人なんだって思われること。そうだ、大地くんにも、ごめん。あんな残酷なこと言わせて）

「そのことは、もう言うなよ」

（言わせて。治療がうまくいかなくなったとき、『私、もう死んじゃうの？ 大地くんの口から聞かせて』って頼んだよね。大地くん、やさしいから、『死ぬと、思う』って……ごめん。

あんなこと言わせて。でも、大地くんが宣告してくれたから、私、自分を納得させることができたんだ)

「僕もつらかったけど、美月がいちばんつらかったと思う」

(話が脱線しちゃったね。でもその子のことは、信じて任せればきっと大丈夫だよ。大地くんも、もっと自信を持って)

「そうだな。なにしろ、神さまにもできない仕事をしてるんだから」

(覚えてくれていたんだ、その言葉)

「もちろん。さすが美月だと思う。あんな言葉、僕の辞書には載っていない」

(でも、感謝という言葉なら、あるでしょ。きっと、神さまにもできない仕事をした人は、感謝されるんだよ)

「僕は、まだまだだな。感謝する気持ちは、子どもたちにも知ってほしい。言葉だけで、感謝って言っても、難しいだろうけど」

(いろんな触れ合いの中で、自然と心の中に根づく感情じゃないかな)

「そう考えると、まだまだ子どもたちから勉強することがたくさんありそうだ。ああ、でも……」

(なに?)

「そうなると、美月には悪いけど、当分美月のそばには行けないかもしれない」

(いいよ、別に)

「なんかさ、今の生活が楽しくなってきたんだ」

(それは、きっと、いいことだよ)

「許してくれるよね」

（なに言ってるの。許すとかへんだし。大地くんの人生なんだし。私は嬉《うれ》しいよ。本当に嬉しいよ……本当に）


月を見ると、三日月の影の部分に美月の泣き顔が見えた。その姿を目にしたとき、僕はずっと美月に守られていたような気がした。

☽

「一時間早くきて下さいとか言っておきながら、唐木先生もいないじゃないですか。どうなっているんですか？」

荷物を事務室に置いて、僕は言った。もう、恒例のと言っていいほど、早出の会議だ。

「今オーナーと話しているみたいです。もうすぐきますよ」

やざわっちの表情から、深刻な問題ではなさそうなのが救いだ。

「亜依莉ちゃんのことですかね」

葉子先生が不安そうに言う。

「違うんじゃないですか。今は彼女、安定して保健室登校はできているみたいだし。ここでも以前のように急に泣いたり怒ったりしなくなりましたし。なんか積極性が出てきましたね」

ホッシーが言うように、亜依莉は積極的に下級生の宿題を見てあげたり、遊びの相手をしながら、叶愛たちが宿題を終えるのを待てるようになった。

「幸穂ちゃんにも謝って、仲直りしたようです」

葉子先生がにこやかに言う。

亜依莉の告白を受けてから数日後、僕は彼女から紙切れを渡された。そこには、「パパがあやまった」とひと言だけ書いてあった。ちゃんと話し合ったのだ。父親に意見を言うことが、亜依莉には父親を否定するようで怖かったのだろう。一度は親を否定して、親を乗り越えて、そしてもう一度親のやさしさを知ることが成長ではないだろうか。僕も親を否定できずにずっと躓いていた。

これも他の職員に言おうかどうしようか迷ったが、秘密にしてある。いずれ知られることになったら謝ればいい。僕としては、不器用だけど今の亜依莉の姿を大切に見守りたい。

「お待たせしました」

オーナーと唐木先生が現れた。

いつものように、ローテーブルを囲んで座ると、なにか書いた紙が出てくるわけでもなく、いきなり唐木先生の話が始まった。

「村井翼くんから、もう一度ここへきたいという話がありまして、オーナーと協議をしたのですが結論が出なくて、みなさんの意見を聞くことにしました」

「結論が出ないって、どうしてですか?」

やざわっちが真っ先に尋ねた。

「私には、自信がありません」

唐木先生が簡潔に答えた。どうしてだろう。いつも、すべては子どもたちのためにと言っているのに。なにが彼女を弱気にさせているのだろうか。

「私はいいと思うんだがね」

オーナーは、前回苦渋したときとは違って、表情も明るく続けた。

「先日、お母さんが翼くんと見えて、もう一度ここでお世話になりたいと、正式にお願いされました。翼くんも、それからお母さんも、ここのスタッフみんなの温かさが忘れられないということです。翼くんは、あれからカウンセリングにも通って、随分と落ち着いていました。今はお父さんとも、交流があるそうです。そもそもの離婚の原因は、まあ、私には理解できませんが、お父さんは結婚という形態がいやだったそうです。しかも翼くんが成長するに従って、年々その思いが強まったとか。今でも、翼くんとお母さんには愛情を持っているそうで、家のローンも払って、泊まっていくこともあるそうです。それで、あのとき翼くんから暴力を振るわれたお子さんと保護者の方には私が出向いて説明をするつもりです。それでいいかと……」

オーナーの沈黙の間を縫って、唐木先生が発言した。

「もしなにかあったら、どうするんですか。責任が取れません」

「なにかって、なにがあるんですか。私だってここのスタッフは、信頼していますよ」

「いくら信頼していても……。翼くんがやめたとき、オーナーはやめてもらうのに賛成でしたよね」

「あのときは、そうですよ。しかし状況は変わりました。大丈夫だと判断しました」

「でも、責任が」

「責任は私が取ると、以前言いましたよね。ああ、まだ、あのときの事故にこだわっているのですか。確かにあのとき、男の子が一人亡くなりました。しかし唐木先生。あれは事故だったのです。それに、ここのスタッフは優秀です」

オーナーが慈しむような視線を唐木先生に向ける。

思い出した。あれは、美月がここに現れた日だった。もんを見送ったあと唐木先生から、玄関灯の小さな明かりの下で、事故がありましたと聞いた。しかしそれ以上は話さなかった。

そういえば、翼の処遇をめぐってもめたとき、唐木先生はこぶしを握っていた。握りしめていたのは翼への同情だと思っていたが、違った。あれは強い後悔だったのだ。

オーナーの話からわかるのは、以前なにかの事故で亡くなった子どもがいて、唐木先生は今も責任を感じて、苦しんでいるということだ。

「なにがあったのですか。唐木先生」

仲間として、僕は聞かずにはいられなかった。直接、彼女の言葉で話してほしかった。

「小野先生には、関係ありません」

唐木先生が表情をかたくする。

「自分だけで苦しまないで下さいよ」

「そうですよ。あの事故の犠牲になった子どものためにも、私たちは頑張っているんじゃないですか」

やざわっちの言葉に、ホッシーや葉子先生が頷《うなず》く。彼女たちは知っているのだろう。

「唐木先生。僕はここにきて、見つけました」

「なにをですか？」

「僕は思うんです。唐木先生は前に言いましたよね。すべては子どもたちのためにって。それはお母さんたちのためにってことでもあるんですよね。でも僕はそれだけでは足りないと思うんです。僕たちのためでもあるはずです。僕たちだって、ここで働くことで成長したり、幸せを感じたりしたい。そうでなきゃ、嘘《うそ》です」

言葉が勝手にほとばしった。なにかに突き動かされているように。

「そうでなきゃ、嘘、ですか」

唐木先生が僕の言葉をゆっくりと反芻《はんすう》する。

「ずっと子どもたちのためを思って生きている唐木先生が、呪われたような感情に支配され続けているのは間違っていると思うのです。そして、そこから解き放つことができるのは、やはり子どもたちだし、仲間の思いしかないでしょ。

正直に言うと、僕はここに、死に場所を求めてきた人間です。妻を病気で亡くしてから、もう生きることにまったく意欲を感じなくなりました。明日を迎える意味を見出《みいだ》せなくなったのです。早く死んで、妻のそばに行きたいと、そればかり考えていました。でも死ぬ前になにか子どもを育てる思い出を作ると、妻と約束をしました。そして然《しか》るべき時期がきたらここを去って、静かに消えようと考えていました。今ならはっきりと言えます。僕は間違っていました。それは唐木先生と同じような、呪われた感情でした。ちゃんと生きなきゃ。そう気づかせてくれたのは、はるとくんや、淳之介くんや、花恋ちゃんや、翼くんや、みさきちゃんや、創くんや、純くんや、亜依莉ちゃんや、たくさんの子どもたちとの出会いでした。そして唐木先生や、ここにいるみんなと巡り会えたからです。

僕たちは、神さまにもできない仕事をしているんですよ。未完成な子どもたちのために、不完全な僕たち大人たちが、笑いながら、怒りながら、泣きながら一緒に成長していくんです。だからつらいこともあるだろうけど、後悔もいっぱいするだろうけど、乗り越えましょうよ。僕もそういう力になりたい。唐木先生、話して下さい」

しばらく誰もが黙った。

唐木先生は、まるで新しいスカートを汚してしまった少女のように弱々しくうつむいていた。みんなの視線は、しっかりと握られた彼女のこぶしに注がれていた。ふっとその手から力が抜ける。肉のない指がしなやかに伸びたのと同時に彼女の声が聞こえた。

「本当に……そうですね。話します」

唐木先生が顔を上げて、大きく息を吸った。

「私は子どもが好きで、ずっと保育士になりたいと思っていました。希望通り保育士になって副園長までさせてもらいました。当時勤めていた園は広く、地続きで畑もありました。その畑は、農家さんから借りていた畑でした。そこでは毎年、お芋を植えさせてもらっていました。けれどあるとき、土地の持ち主が変わり、その土地にアパートが建つことになったのです。工事に先駆けて、測量があり、園との境に簡易的な柵が設けられました。しかし一か所だけ、子どもなら通れるような隙間が残っていたのです。

危険だと思い、私は柵を補強して隙間をなくしておくよう、職員に頼んだのです。ところが隙間は小さくなりましたが、子どもの頭からすると、まだ大きかったのです。そこに、なにかの拍子で男の子が頭を入れてしまって……窒息死でした。私はそのとき、職員に任せっきりで、確認を怠っていました。私の重大なミスです」

「いや、問題はですね、誰も彼女を支えてくれなかったということです」

オーナーがあとを引き取った。

「SNSでは、なぜか彼女が生贄《いけにえ》になってしまいました。職員からこれは虐待だと流れた写真もありました。おかしなもので彼女がやさしく児童に言い聞かせている写真も、悪意に満ちたコメントを添えることによって、厳しく叱責《しっせき》しているように見えるんですよね。そして唐木先生は働いていた園をやめ、離婚も経験して、ずっと塞いでいました。そんな彼女を見ていて、このままじゃいけないと、キッズクラブを始めるときに私からお願いして、施設長になってもらったのです」

当時のことを思い出したのだろう。我慢できず、唐木先生が肩をふるわせて泣いていた。

「ありがとう、誠也さん」

いきなりオーナーを名前で呼んだ。

「いとこなんです。唐木先生とは」

オーナーが言う。

気がつくと僕は立ち上がっていた。

「心配ありませんよ。唐木先生。すべては子どもたちのために、ですよ。ここの職員は信じていいと思います。信じなきゃいけない。それが生きるってことです。少なくとも僕は、唐木先生に信じてほしいです。みんなもそうじゃないですか」

「そうですよね。小野先生が、いちばん伸びしろがありますから」

「なんですか、矢沢先生。なんか傷つきますけど」

涙の跡を頬に残したまま、ようやく唐木先生に笑顔が戻った。

やざわっちや葉子先生、そしてホッシーの顔をゆっくりと見る。みんな、はにかむように笑っていた。

その笑顔は、翼の人生や唐木先生の人生をゆっくりと前に動かすのに、充分すぎる笑顔だった。

もちろん、僕の人生も。


「いよいよ今日から、翼くんがくるんですね」

出勤すると、僕は真っ先に唐木先生に尋ねた。

「そうですね。今朝お母さんから、よろしくお願いしますと電話がありましたから」

「そわそわしなくても、ホッシーがお迎えに行ってますから、もうすぐ連れて帰ってきますよ」

やざわっちが、「それじゃ私たちも、行ってきます」と、ドライバーの清川さんと別の小学校のお迎えに向かった。

車が駐車場にとまった。

僕はシュッシュを片手に玄関へ走った。

ワゴン車のドアが開き、子どもたちが降りてくる。

先頭に翼の姿があった。

僕は手を振ってみんなを出迎える。

小さな手がドアの取っ手を摑《つか》む。

「わあ、もしかして、おれいちばん」

「お帰り、翼くん」

「あ、ぐるぐる先生」

「じゃねーよ。挨拶は？」

「ただいま」

「はい、まずは手を洗って。洗ったらシュッシュ」

「知ってまーす」

翼はすり抜けざまに、軽く腹にパンチをしていった。

「おっ、強くなったな。はい、手を洗って」

どやどやと、子どもたちが入ってきた。

どの顔も一見、笑顔でコーティングされている。しかしその裏側には様々な悩みや苦しみを持っている。僕は少しでも気づいてあげられるだろうか。そうして寄り添ってあげられるだろうか。

みんな、それぞれのリズムで、それぞれの速さで成長していけばいい。僕は微力ながら、〈キッズクラブ・ただいま〉という小さな箱の中で、そのお手伝いをさせてもらう。幸せになろうとして、裏切られることもあるだろう。絶望に打ちひしがれることもあるだろう。それでもまだ、未来に向かって歩き出せるような、そんな力の種を、子どもたちの心のどこかに、そっと蒔《ま》いてあげたい。

それができたときにはじめて、本当の意味で、みんなの未来に触れることができたといえるのだろう。

蒔いた種が芽を出し、成長するのは二十年後か、三十年後かもしれない。その頃にはもう、僕はここにいないだろう。美月と果てしない宇宙を旅していたい。

「ぐるぐる先生、宿題教えて」
「ぐるぐる先生、あとで鬼ごっこしよう」
「ぐるぐる先生、お茶、氷も入れて」
「ぐるぐる先生、鉛筆削って」
「はいはい」
「ハイは一回」

生きていく理由は、どこにでもあると、彼らの声が、彼女たちの笑顔が教えてくれる。

☽

夜、美月が好きだった辛口の白ワインを、窓際の白いテーブルに用意して、ゆったりと椅子に座った。

開けた窓の彼方《かなた》から三日月が僕を見つめ、微笑《ほほえ》んでいた。液体をグラスに注ぐ。

今夜は話したいことがたくさんあって、心が弾んでいた。

「ねえ美月。翼くんが戻ってきたんだよ」

（…………）

「あれっ？　ねえ美月……どうしたの？」

（…………）

「聞こえないの？」

（…………）

「美月……返事してよ！」


美月からはなんの反応も返ってこなかった。

こんなことは、一度もなかったのに。

異変を感じて僕は焦った。

まさか!?　美月が消えた……？

慌ててベランダに出る。

空の三日月に向かって呼びかける。

「美月、応えてよ！」

美月美月と、呪文のように唱えながら部屋の中を、そしてクローゼットやバスルームまで捜した。

けれど、美月の気配はどこにもなかった。

大きな波が砂浜の落書きを消し去るように、誰かが、なにかが、美月の気配をさらってしまった。

それでも僕は美月の気配が消えた理由を探した。

体調のせい？　天候のせい？　それとも急用ができたから？

しかしどんな理由も薄っぺらで、ばかばかしい気がした。ふと美月がいつか、こうしてずっと会いにこられるわけではないことを仄《ほの》めかしていたのを思い出した。

僕自身を納得させられるとすれば、ひとつしかなかった。

僕が生きる意味を見つけたのと引き換えに、彼女は消えたのだ。

ベランダに立ち尽くし、僕は、すがるように柵を握りしめた。

それならいっそのこと、僕は……。

僕は……。

いや、僕は死なない。あれほど死にたいと願っていたのに、そんな気持ちはもうどこを探してもなかった。

「美月、さようなら」

気がつくと僕は、そう呟《つぶや》いていた。

「本当に、さようなら。でも、また会おうな」

細い月が、いたわるように濡れた目で僕を見下ろしていた。

夏休みまで一週間を切った。

六月から始まったプールのおかげで子どもたちの肌の色つやが、日に日に健康的になる。水鉄砲は夏休みになってからと言ってあるのに、気が早い児童はもうロッカーに準備する。

宿題をしていた安田もんが、ふと手を止めて僕を呼んだ。

「ぐるぐる先生、ちょっと教えて」

「なになに。算数？」

「そうじゃないけど」

そばに行き、隣に座ると、もんはにやにやしながら、体どころか顔までくっつけてくる。

「近い近い。で、なんだよ？」

手のひらで、柔らかなほっぺを向こうへ押しやりながら聞く。

「ぐるぐる先生の名前って、小野大地っていうんでしょ」

「そうだよ、この前教えたよね。それがどうしたの？」

「奥さんの名前は、なんて言うの？」

「はあ？　僕の次は奥さんかよ。それ、どういう遊び？」

「遊びじゃない。名前は？」

「美月」

今はもう亡くなってこの世にはいないけど、それを説明すると、話が暗くなりそうだし、余計な情報は省略する。

「どんな、字?」

「美しいに、月。あれっ、美しいは習ったっけ?」

次第に周りで宿題をしていた子たちが騒ぎ出す。

「ぐるぐる先生に、奥さんだって」

「きもちわる」

「美人なの?」

「なんさい?」

「はいはい、騒がない! 宿題続けて」

もんはといえば、名前調査が終わると、

「もういい。宿題のじゃま。あっちへ行って」

と冷たく僕を追い払う。目的はなんだったんだ状態だ。

まあ、子どもあるあるで、ふとなにかのスイッチが入って、思い浮かんだのだろう。

ところがそのあと、外遊びから戻ると、スマホを手にした唐木先生に呼び止められた。

「小野先生。もんちゃん、なにかありましたか?」

「なにか、とは?」

「さっきもんちゃんが、お母さんにメールしてって言ってきたの。気分でも悪いのかと心配して、なんてメールするのか聞いたら、正解って、送っておいてって」

「正解？　なにが正解なんですか？」

「聞いたけど言わないから。小野先生なら知っているかと……」

「無理っすよ。いくらなんでも、よそんちのなぞなぞまで」

「ですよね」

「なにか新しい遊びですかね？」

　とそのとき、唐木先生の手の中で、スマホがピコンと着信を告げた。保護者からの連絡だ。視線を落とし、唐木先生は「ほぅ」と小さく驚きの声を出す。

「どうしたんですか？」

「別に大したことじゃないけど。もんちゃんのお母さんから、今日は私が迎えに行きますのでよろしくって」

「それだけですか？」

「はい」

　なんだろう？

　僕としてはお母さんには会ったことがないから、どんな人が現れるのか、それはそれで楽しみだ。まあ深刻な話ではないようだ。

　六時を過ぎて、鉛筆削りの中も忘れないでねとか言われながらゴミを集めて、外のダストボックスに捨てに行く。

　掃除機をかけ終わる頃には、残っている子どもたちも十人ほどに減る。

子どもたちは遊びにも飽きて、アニメを見る。このぼんやりとした時間は、ほんのわずかだけど〝家族〟を感じる貴重な時間だ。美月が経験したかった時間と空間だ。今となっては無理だけど、美月にプレゼントしたいほどだ。やはり養子縁組をしてでも子どもを育てるべきだった。

気持ちが後ろ向きになっていたら、ピンポンとお迎えのチャイムが鳴った。

玄関へ走るとはじめて見る女性だった。

大きめの空色のバッグを腕にさげている。肩よりも長い髪と、意志の強そうな瞳が印象的だ。

「えーっと、どちらのお母さんでしたっけ」

「安田もんの母です」

「あー、はいはい。もんちゃんね」

今一度見ると、笑った目もとがよく似ている。

部屋へ呼びに行くと、もんはすでに水筒とランドセルを担いで、急ぎ足でこっちへ向かってくる。

「先生、はじめてもんちゃんのお母さんを見たよ」

もんは、僕を無視して脇を通り過ぎると、

「お母さん、正解だよ」

と、嬉しそうに報告する。お母さんも微笑んでいる。

「もんちゃん、なにが正解なの？」

僕が尋ねると、もんのお母さんが、

「お久しぶりです。小野大地さん」

深々と頭を下げた。

誰だろう。見覚えがなかった。

「あのぅ、私、覚えていませんか？」

「すみません。僕はきれいな人の顔がなかなか覚えられなくて。唐木先生のお顔はすぐに覚えたんですが」

「小野先生！　それ、セクハラですよ」

唐木先生が睨んでいた。

「すいません」

「入院していらしたとき、美月さんの担当をしておりました。安田理紗《やすだりさ》です」

「あっ……すいません。ぜんぜん気がつかなくて」

「病院では、髪を上げていましたし。精神的にもそんな余裕なかったですよね」

「そうです。あのときは……」

「今は、いかがですか？」

「なんとか、元気です」

「よかった。うちの娘が小野先生のことが大好きで、先日も先生の名前を聞いてきたとかで、A４のコピー紙に、小野大地って、黒の油性ペンで大きく書いて、机の前の壁に張ったんです。正直言うとそれまで先生の名前も存じ上げなくて、ずうっと、わが家ではぐるぐる先生で通っておりました」

「それ、もんちゃんが、名づけ親なんですよ」

「みたいですね。とにかく、娘が書いたその名前を見て驚きました。それで確認のために、奥さんのお名前を聞いてきてくれるように頼みました。先生が美月って言ったら、正解って、連絡するように」

「なにか、急ぎの用事でもありましたか？」

「じつは、これを……」

お母さんがカバンから、小さな包みを出した。

「これは……」

「美月さんが創られた絵本です。美月さんがずっと大切にしていた。だんだんと意識が混乱する時間が増えて、私に託しました。本と、それから手紙を一緒に。『私が死んで半年くらいしたら大地くんに送り届けてあげて下さい』って。その頃には、あなたが少しは元気になっているだろう、彼女はそう思っていたようでした。手紙は私が彼女の言葉を正確に記しました。なのに半年後、伺っていた住所に送っても、転居先不明で戻ってきて正直困惑しました。まさかって、最悪のことまで考えて、ああ、もっと早く送るべきだったと後悔しました」

「すみません。迷惑をかけました」

僕は頭を下げた。とたんに彼女が声を荒らげた。

「本当に迷惑ですよ。私たちは、みんな、つながって生きているんです。勝手に、つながりの輪を断ち切って、逃げないで下さい」

彼女の目から涙がこぼれた。

「住所を頼りに、あなたの家にも伺いました。なのにやっぱり誰もいない。住む人のいない家の前で、美月さんとの約束を守れずに、悔しくて悲しくて、どれだけ私が泣いたか、あなたにわかりますか」

僕には返す言葉がなかった。自分のことしか考えていなかった。どれだけこの人に助けられたか気づいていなかった。

美月のことを、僕のことを、これほどまでに心配してくれていた人がここにもいた。

「本当にすいません。もう、逃げません」

有り難く、心から頭を下げた。

「でもよかったです。こうしてお会いできて。そしてなによりも元気でいてくれて」

お母さんが涙をハンカチで拭う。

「お母さん大丈夫？」と、もんが慰める。そして、

「ぐるぐる先生、また泣かしちゃったね」と、意味不明な発言。

「なにかあったの？」

唐木先生は鼻が利く。

「夕香《ゆうか》ちゃんが預けたカタツムリの赤ちゃんを、ぐるぐる先生が逃がしちゃって、夕香ちゃんを泣かした」

「いやいや、あんなもの僕に預けるなよってか、告げ口禁止」

「小野先生！」

「だって人に持たせて、自分は三十分以上遊んで、それで、さっきのカタツムリはどこ？　とか、ありえないでしょ」

「駄目です。子どもが持ってて、と言えば、絶対に持っていてあげて下さい。逃がすなど、もってのほかです。だいたい子どもは……」

「唐木先生、それはあとで……」

唐木先生を制して、僕はもんのお母さんと向き合った。

「じゃあこれを、確かにお渡しします」

彼女が大切そうに包みを差し出す。

「ありがとうございます」

「もしよければ、美月さんのお墓にも、お参りさせて下さい」

「美月も喜ぶと思います。本当に、感謝しかありません」

僕は美月が用意してくれた最後の贈り物を大切に受け取り、深々と頭を下げた。

エピローグ

窓の向こうに月はなかった。

新月だ。

月は一度、夜の底に潜って、また新しく姿を見せるために、深く呼吸をする。僕への慰めにか、今夜はやけにはっきりと星の光が届いた。

窓を開けているとブーンと室外機の音が空気をふるわせていた。

最近買ったばかりの電気スタンドの下で、僕は美月からの手紙を手にした。ペーパーナイフで封を切る。持ち手が狼《おおかみ》の形をしている、僕のお気に入りだ。一度だけの海外旅行で訪れたスペインの土産。こんな大切な手紙を開封する日がくるとは、思いもしなかった。

シャッと音がする。

胸が苦しくなる。

この手紙を読むと、本当に美月とサヨナラをしなければいけない気がした。

一度呼吸を止めて、僕は封筒からまっ白な便箋を取り出した。

『大地くんへ
大地くんが、この手紙を読んでいるということは、私はもう、大地くんのそばにはいないのですね。

寂しいな。

悲しいな。

でも、大地くんが、この手紙を読んでいるということは、大地くんは、元気だってことだよね。頑張《がんば》ってるってことだよね。

そう思って、いいよね。

よかった。

先週、先生に治療を終わらせてもらえるようにお願いしました。

そうしたら今日、六人もの医療スタッフが病室へやってきました。私が、私の意志でそうしたいのか、確認をするためだって。

私は、自分の意志で、大地くんにさよならを言います。これ以上、大地くんの時間を奪うわけにはいかないのです。

それは申し訳ないとか、そういうのではなくて、なんと言っていいか、言葉が見つかりません。しいて言うなら、感謝かな。

その感謝を、最後の残り少ない時間を、大地くんが、一日でも早く元気になるために、大地くんのために、大地くんの明日のために使って下さい。

大地くんから、今まで、たくさんの贈り物をもらったから。

これは私からの、最後のささやかな贈り物です。

でもほんと、楽しい人生でした。子どもができなかったのは残念だけど、たくさん、思い出をありがとう。

はじめての旅行は小豆島《しょうどしま》だったね。『二十四の瞳』の映画村で、あなた、ヤギに頭突きされましたね。

酔っ払った大地くんが、ヤギに抱きついたから。

ああ、こういう人なんだと、私、覚悟を決めました。

それから、愛媛《えひめ》にも行ったね。五月の大島《おおしま》だっけ。みかんの花が咲いて、島全体が、みかんの花の匂いであふれていたね。

それから横浜《よこはま》でのクルージング。中華街ではじめて本格的な中華料理を食べました。もう一度食べたいな。

食べたといえば、小樽《おたる》で食べた、海鮮丼。おいしかった。

東京ディズニーランドは傑作だったね。ホテルで二人してお酒を飲みすぎて、眠ってしまって、せっかくの花火を見逃してしまった。

スペインへの旅行は、不安が的中したね。私が体調不良で楽しめなかった。気圧と水の変化に、体がついていけなかった。

岡山《おかやま》の倉敷《くらしき》や広島《ひろしま》の尾道《おのみち》を歩いたとき、大地くんは、急に足を止めていたよね。じっと町を見つめる大地くんを見ていたら、ああ、大地くんは、きっとこういう町で映画を撮りたかったんだろうなって、ちょっと、せつなかった。

映画を撮ることも、料理屋さんをすることも、夢の途中で終わってしまったけど、きっとそれは、大地くんの天職じゃなかったんだよ。

もう一度、大地くんの時計を動かしてくれるような出会いが、きっとあると思います。

その姿を、私は、きっとどこかで、見ています。

正直に言えば、本当は、もっと生きたかった。

同じ風景の中で、並んで、立っていたかった。

でも、またいつか、一緒に、同じ風景を見ることができると信じているよ。

それじゃ、もう、限界みたいです。

私の人生が、最後に、この手紙を、書くための、人生、だったとしても、悔いは、ありません。

そして、最後に、私の、わがままを、聞いて。

大地くんは、生きて、下さい。

きっと、また、会おう、ね』

喉の奥から必死に言葉を絞り出す美月の姿が、目の奥に浮かんだ。

とたんに嗚咽《おえつ》が込み上げ、声をあげて泣いた。

美月を失ってはじめて声をあげて泣いた。

美月からの最期の贈り物は、彼女自身の時間だった。もう少し動いていたはずの時計だった。

その貴重な時間を、彼女自身の手で箱に入れ、清潔な紙に包んで、信頼できる人に託して僕に送り届けてくれたのだ。

生きることに躓《つまず》いていた僕に。生きることをあきらめていた僕に。逃げていた僕に。

僕もいつか、誰かの明日のために、贈り物を用意して美月のそばへ行こう。

涙が止まったとき、黒い表紙のスケッチブックが目に留まった。

美月の絵本だ。

表紙をめくると、「あえてよかった」と、水色の空に白い雲で象《かたど》ったような題字が、コットン紙の上に浮かんでいた。

美月がいつか生まれてくる子のために創《つく》った、小さな絵本。

詩をいくつかに区切って、それぞれにイメージした絵をつけている。

僕は読み聞かせをするように、ページをめくりながら、声を出して読んでみた。


「あえてよかった」

うまれてくる　あなたに
いちばんさいしょに
おしえてあげたいことば
それは

「あい」

むずかしいけど

たいせつな　ことば
「あいしてる」

それから
「パパ」と「ママ」
うみをみながら
おしえてあげたい

くだものなら
「いちご」
あなたのゆびに
ほうせきみたいに
きらめくはず
いっしょにたべれば
いっしょにたべれば
ガブリ　ジュワー
おいしいね
どうぶつなら

「ねこ」
あなたに
じゆうとやさしさを
おしえてくれる

そらなら
「よるのみかづき」
しずかに　へいわな
いちにちのおわり

そして　たいせつな
ことば
「ともだち」

なぐさめてくれる
ともだち
はげましてくれる
ともだち
なにもいわずに　そばにいてくれる

ともだち

あなたにたいせつなのは
　「しんせつ」
やさしく　だれかと
てをつなぐこと

　「ゆめ」も
わすれないでね

かなうゆめもあれば
かなわないゆめもあるけど
それが
いきるということ

これも　おぼえてほしい
わたしも　あなたも
　「ごめんなさい」

これから　わたしたちも
きっと　けんかする　だから
ごめんなさい

さいごに
「ありがとう」

うまれてきてくれて
ありがとう
えがおを
ありがとう

そしていつか　あなたに
さよならをいうひ
わたしはいうから

あなたに
「あえてよかった」

読み終えたとき、さっきまでの胸の苦しさが嘘《うそ》のように消えて、楽になっていた。

それにしてもどうして美月は、絵本を担当の看護師に託したことを教えてくれなかったのだろうか。絵本を手にしただけでは僕の心は回復しないと知っていたのか。人の心を癒すのは、だれかと触れ合うしかないと、そう伝えたかったのかもしれない。

そして僕は思った。美月なら子どもに、この絵本をどう読み聞かせただろうか。

そのときふと、いいことを考えた。

そうだ、この絵本をキッズクラブへ持っていこう、と。そして僕が、みんなに読み聞かせてあげよう。

美月の想いを、僕がみんなに伝えよう。

そして僕の想いも伝えたい。

みんなに、あえてよかった、と。


部屋の明かりを消して窓に顔を向けた。この夜空のどこかに美月がいて、幾日かすれば再び現れる三日月をまっているような、そんな気がする。凪いだ夜空を見ていると、生きることも死ぬことも同じ営みの中にあるとわかる。

僕は細くて美しい月にまた語りかけるだろう。もう美月からの返事はないけれど、美月が僕を見守ってくれていることは知っている。

また会う日まで、僕は僕の人生を生きようと思う。

それが僕から美月への、せめてもの感謝の気持ちだから。

〈参考資料〉

日本の子どもの自尊感情はなぜ低いのか
児童精神科医の現場報告
古荘純一　光文社新書

子供の「脳」は肌にある
山口創　光文社新書

子どもの「10歳の壁」とは何か？
乗りこえるための発達心理学
渡辺弥生　光文社新書

愛着障害の克服「愛着アプローチ」で、
人は変われる
岡田尊司　光文社新書

愛着障害　子ども時代を引きずる人々
岡田尊司　光文社新書

アスペルガー症候群
岡田尊司　幻冬舎新書

発達障害と呼ばないで
岡田尊司　幻冬舎新書

〈謝辞〉

この作品を執筆するにあたり、お話を聞かせて下さった皆様にこの場を借りて感謝いたします。

作品の中で論じられている発達に関する所見は必ずしも資料とは一致しておらず、登場する人物の考えとして捉えていただければ幸いです。そして本作品に登場する施設、人物、並びに出来事などは作者の創作であることをおことわりしておきます。

急激な時代の変化の中で子どもの育てにくさ、育ちにくさが少しでも改善されて、明るい未来を築いてもらいたいとそれだけを願っています。

本作品は書き下ろしです。

本作品はフィクションであり、
登場する人物・団体・事件などは
すべて架空のものです。

ブックデザイン
アルビレオ

イラストレーション
のみ あやか

写真
松尾／アフロ
ganjalex/Shutterstock.com
JuliaDesigner/Shutterstock.com

村上しいこ（むらかみ・しいこ）

三重県生まれ。『かめきちのおまかせ自由研究』で第37回日本児童文学者協会新人賞受賞。『うたうとは小さないのちひろいあげ』で第53回野間児童文芸賞受賞。『とっておきの詩』『みんなのためいき図鑑』が青少年読書感想文コンクール課題図書に選定される。そのほかの作品に、『イーブン』『死にたい、ですか』『みつばちと少年』『タブレット・チルドレン』など多数。松阪市ブランド大使。

編集　片江佳葉子

あえてよかった

二〇二三年四月十七日　初版第一刷発行

著者　村上しいこ
発行者　飯田昌宏
発行所　株式会社小学館
〒一〇一－八〇〇一　東京都千代田区一ツ橋二－三－一
編集　〇三－三二三〇－五七二〇　販売　〇三－五二八一－三五五五
DTP　株式会社昭和ブライト
印刷所　萩原印刷株式会社
製本所　株式会社若林製本工場

 ISBN 978-4-09-386680-4

村上しいこの本

好評既刊

死にたい、ですか

児童書の世界でベストセラー作家である著者が初めて一般文芸に挑んだ意欲作。自身が経験した壮絶ないじめ体験から「絶対書きたかった」と取り組んだ、いじめ遺族の物語。四年前、由愛が中一の時に兄は高校でのいじめに耐えられず自ら命を絶った。母は今も立ち直れず裁判で兄の無念をはらすことで頭はいっぱい。父はアルコール依存症に陥り、家族は崩壊寸前の惨憺たる状況。一方、母の依頼で裁判の取材を進める新聞記者は自身のトラウマからこの家族に深入りするようになる。沈みそうな家族を必至でつなぎとめる由愛。彼女がもがいた末の選択は。そして、家族は……。迫力の法廷シーン、血の滲むような心理描写。いじめを新しい角度から描いて反響を呼んだ、心に迫る渾身の衝撃作品。

ISBN978-4-09-407044-6 小学館文庫